AQUARIUS

AQUARIUS

AQUARIUS

AQUARIUS

每個人心中都有一座島嶼，
藉文字呼息而靜謐，
Island，我們心靈的岸。

只要離開，就好

鄭麗卿——著

【推薦序】

強韌而溫柔──致自在的野玫瑰

李志薔（作家）

十年來，我經常帶著影片到各地放映，或者針對文學議題四處演講。當中最深刻的印象之一，即是台灣出席的聽眾，絕大多數都是女性。尤其校園之外，鮮少男性聽眾。她們是剛從大學畢業的新鮮人、上班族、學校老師、家庭主婦或者退休的銀髮婦女。一次一次的互動當中，經常讓身為男性的我汗顏：台灣的女性，的確較諸男性懂得追求心靈之美。

十餘年前，我也曾是台下聽眾之一，奮力在眾多藝文講座之間尋找創作的途徑和心靈的窗口。也許是緣分吧，我和鄭麗卿成了散文名家阿盛老師的學生，好長一段時間，幾個有志文學創作的同好一起在課室裡相互切磋、學習，成了生活裡最能激勵人心的事。猶記得那時候，麗卿還只是一個愛好文藝寫作的年輕媽媽，高中畢業後北上讀大學，之後留在出版社上班的那種標準來自屏東的外鄉女子：樸實、木訥，不沾染任何浮誇的都會氣息。

而麗卿的作品也是文如其人。印象中，她總是獨自躲在一旁，像一棵安靜的花樹，靜靜吐蕊，靜靜芬芳。她的散文就像她的外表一樣，精緻的質地中帶點淡淡的素雅，一種女性特有的，溫柔婉約的氣質。然而以當代文壇之氛圍，相較於那些年輕新銳、美女作家，或者文學稟賦出類拔萃、作品一鳴驚人者，麗卿的寫作之路走得並不算平順；甚且以她付出的努力，獲得的重視也不成比例吧。

但麗卿就是有鄉下人的傻勁與韌性，她從來也不曾把筆放下。有一陣子，大概積鬱久了，她悄悄在網路上為自己取了個「野玫瑰」的暱稱，彷彿要昭告世人，木訥的鄉下女子，其實也有其嬌媚多刺的一面。但「野玫瑰」依然不野，依舊安靜如一棵花樹；反倒她的作品如玫瑰展刺一般，突破了環境的束縛，大開大闔直入靈魂的深處。她首先像維吉尼亞・吳爾芙一樣，呼喊著女人在家需要「自己的房間」（〈陽台以上的天空〉、〈尋找一種身姿〉），從而擺脫顧忌，跨出尋找自己的一大步。（〈如此而已〉、〈午後的存在〉）

就像一個家庭主婦換了新妝，麗卿從柴米油鹽之間側身走出，黃臉婆變成了自信的成熟女郎，舉手投足都增添了魅力。幾年間，她的作品陸續發光，不僅小品文連獲時報文學獎和林榮三文學獎，長篇散文也接連入選九歌年度散文選，作品亦屢見報端。然麗卿的文章依舊不失溫婉本性，即使生活重擔經常讓人喘不過氣來，面對生老病死和歲月流逝的悵惘，她也都能表現得怨而不怒、哀而不傷。如是，她一步一步建立起自己的風格，不求特殊形式、不以時尚、怪誕取勝；她的作品在苦澀生活情境中依舊讀得出溫暖，文字即使安安靜靜亦猶能暖暖含光。

收錄在這本散文集裡的，全是鄭麗卿十年來嘔心瀝血的作品精選。書中有描寫中年婦女身兼媳婦、人妻和人母的角色，在一成不變的生活裡找尋彩色的夢想，頗能貼近現代女性的靈魂。也有緬懷青春夢想，在夫妻、母女、友朋、大自然中尋求人間情味與智慧的滋養，如品嚐茗茶，讀來讓人齒頰留香。在敘寫屏東原鄉種種，親情的溫暖和土地的懷抱，童年記憶揉成溫潤的圓珠，情感深厚質樸。回歸到「職場風景」時，此時異鄉客已成了台北人，在生存的壓力與柴米油鹽之間張羅奔波，成了現代職業婦女的最佳寫照。但「野玫瑰」終究是壓不扁的，「就像長期養在辦公室裡的黃金葛，只要一點點水分，一點點光線，就能伸出氣根，卷出嫩葉。」（〈就是要活〉）。

綜而觀之，這整本書可以視為一個現代職場婦女追求自己獨立空間的心靈語錄。代表作〈如此而已〉裡說得通透、決絕：「尋找屬於自己的空間，一個可以工作、可以閱讀、可以伸展手腳、可以發呆的地方。」而一旦決定了，義無反顧，追求這少少獨處帶來的小小幸福。即使得面對丈夫的質疑、外人的不解和內心小小的不安，「一個人在這裡好嗎？」麗卿終能勇敢回答：「我很好，謝謝。」

但麗卿憑恃的不僅於此，她還有一支筆和一雙靈慧之眼。麗卿的小品文是頗值得讀的，不僅質地精緻，清新淡雅，亦不給人張牙舞爪的感覺。在這喧囂的年代，才氣、美女、新銳作家多如過江之鯽，這樣溫柔素雅的聲音卻尤其值得珍惜。她的文風大抵向上承續了琦君、張曉風一脈，典雅中蘊含女性的溫柔、情思與智慧，書寫之議題卻同時擁抱現代女性的靈魂。那不張狂、不吶喊的姿態，正如同農村中走出來一個古典女子，雖安靜一如花樹；但廁身在這喧鬧浮華的世界，她的作品依舊保持高雅的姿勢，並以她堅定而強韌的精神，溫柔地存在，靜靜地散發芬芳。

十年磨一劍，其耐力、韌性與恆心，自非常人能及。尤其在這一切講究速成的年代，這樣的創作精神更彌足珍貴。我欣喜麗卿做出了好成績，也期盼這本書的出版能夠給台灣同樣處境的婦女一個正面的激勵。心靈的追求永無止息，文學的遠征即將開始，敬自在的野玫瑰！

二〇一一年六月　於新店

【自序】

隱形的翅膀

當日子被侷限在一方電腦螢幕，在一個桌面，在家庭與辦公室之間，離開，是一種渴求；遠方，是一種需要。那是一種內心波濤洶湧但在生活中卻沒有痕跡的掙扎。

辦公室還在公館的時候，每天黃昏五點鐘，垃圾車的音樂響著，我也隨著騷動起來，心情總不能平靜。再不久，蝙蝠便會飛出，在暗淡的薄暮中盤旋吱吱叫得人發慌。日復一日，我的日子彷彿也被倒進垃圾車裡了。為什麼，為什麼困乏的日子單調得這麼令人絕望。

寫作，是一粒夢想的種籽，早早就深深埋在夢土裡。但我從來不對自己負責，以後，總說等以後再說吧。

直到有一天終於覺悟：我要寫作，再不動筆，以後恐怕就沒有機會了。寫作是我未曾實現的夢想，趁著還有力量做夢的時候，我得要奮力一搏。中年執筆，也是從生活的荒蕪中生長出來的夢想，有時候連自己都不免覺得太過於奢侈和夢幻了。然而，寫作是夢幻嗎？寫作實在是刻苦自律的勞動，必須如工匠一般敲擊雕琢，要像農人一樣勤勉才能有成果。我的寫作是生活的碎片，記憶的碎片，情感的碎片，而且也是在時間的碎片中拼湊著一字一句地寫，所以從中得到的快樂也碎碎片片的，比如努力了幾個星期，終於完成了一篇作品；比如作品終獲報紙副刊採用。在這些碎片般的愉悅時刻裡，我才真切地感覺到生命的存在，沒有隨著垃圾車的煙塵消失無蹤。

寫作也是一對隱形的翅膀，讓人飛翔，可以飛翔到遠方，也因此可以腳踏實地。在寫作的思考過程中，慢慢地讓我看清楚了一些事實，對人有更多的理解，當然也包括自己的淺薄與無知。因為寫作，我試著抽離，在跳出一段距離之後再回頭看自己，看家庭生活和職場種種的關係，有了了然和明白。也因著寫作，我更安於獨處，懂得自處，如植物一般不爭又合宜的生存方式。

十年磨出一本書，我清楚地察覺體會到生活瑣碎與寫作之間古老的敵意，然而寫作又必需穿越所有的日常生活，才能抵達。在其中我說了太多的怨與苦，我但願更加內斂，體會得更深，以更含蓄安靜的方式來敘述。儘管筆法青澀笨拙，如今一一如實呈現在這裡，謹以記念我曾經那樣生活過。

這本書能夠完成，首先要感謝我的父母和阿盛老師。父母親堅毅如山，他們一生孜孜不息在農地上耕耘的身影，是我不敢或忘的典型；而在我對寫作心生懷疑時，老師總給予我十分的肯定。也謝謝志蕾，在忙碌中為我寫序，還有在寫作班互相切磋琢磨的同學們。同時，謝謝寶瓶文化的朱亞君女士，在一片文學出版不景氣的哀嘆聲中，仍然願意出版我的第一本散文集。

目錄

輯三・理想之庭

輯四・秋陽照舊

輯一

想去遠方

如此而已

你總是對人說，你也不知道我在做什麼。但你卻從來沒有正面問過我。

我想，你是不會知道我老早以前就在計畫著這件事，也可以說是一樁陰謀吧，若是事先說出來，可能就永遠不會去做了。

那日，我坐上公車穿過雜亂的市區，轉一個大彎就進入屬於山的道路，寂寂新烏路，山路兩旁盡是深深淺淺的綠樹。暮春時，車窗外還可以見到遠處一樹一樹的白，那是油桐花。我獨自去郊區的半山坡看房子，沒多想就租了下來，再坐公車回市區。就像去銀行或郵局辦了一件事情一樣，只是做了一件事。之後，開始計畫著該帶些什麼東西去佈置起來，該添購一些什麼用品。

然後，我像一隻工蟻一樣，每天扛著幾本書，一兩件電器用品氣喘喘汗漓漓走一大段斜坡路去我的房間。我清楚聽到鞋底重重地磨擦過柏油路面，半空中有飛機溜冰似地滑過的聲音，偶爾有幾聲狗吠和不知名動物的鳴叫。太陽照耀著，初夏的天空顯得遼曠，草尖上冒著煙氣，沿途有植物腐朽的氣息，動物糞便的味道，還浮動著輕微的檳榔花的氣味，這些讓我彷如置身在我所來自的農村，而昔時農家婦女以扁擔負重，行走阡陌之間的身姿彷彿在前，我的腳步豈可踉蹌，因為我正走在不曾走過，曾經畏懼且以為不可能走的路上。

我下定決心不和你商量，硬是去尋找屬於自己的空間，一個可以工作、可以閱讀、可以伸展手腳、可以發呆的地方。你似乎不能理解我堅持獨處之必要，安靜之必要，藉以鬆動麻亂生活的僵硬。你總是說你不懂得我在追求些什麼，這使我更加堅定。我想你我之間一定掉落了什麼環節了。

油桐花紛紛掉落在山坡路邊，有時一部車經過，朵朵花蕊隨著車子的熱氣與風輾轉往前滾去，還有更多的花朵被路過的車輪壓扁，緊緊黏貼在柏油路面上，片片污漬似的不堪。你看，生活中多少事，不也像這路面上被壓扁的油桐花一般狼藉。油桐花事了，黃色細小的相思花顫危危，我抬頭看，細緻的樹葉亂針繡著天空，孤單感有時也像紛亂的針葉自半空中無聲飄落下來。待到相思花落盡，幾番朝夕，蟬便開始狂暴鳴叫，叫得整座山都燥熱騷動起來。

一日，在路上遇見一條蛇，牠的身子弓成三兩個彎曲，倨傲地抬頭吐信示威，安靜盤踞路面像在等待著什麼。雙方對峙一陣，我有些懼怕繞過牠急急離去，卻無法暗示牠隨時有被路過車子輾斃的危險。

這裡是一處平常的民宅，沒有苔痕沒有故事。二樓租給一家工程公司，平時有三四人在辦公活動。我喜歡把房門關上，讓這個小空間完全只屬於我一個人，彷彿置身在一個堡壘中，有緊密感與安全感。在這裡沒有家庭中刺探的眼神，雜碎叨念的人語，也沒有辦公室中淡漠無聲的身影。我也喜歡偶爾打開房門，讓空氣流通，讓風吹過，讓路過願意打招呼的人的善意有一個入口。結果誤闖而來的是蜻蜓與黃蜂，和驅之不盡的蚊蚋。我不理蜻蜓和黃蜂，牠們自在屋裡飛來飛去，有時找到出口便飛走了，有時撞在玻璃上的聲音太吵人，我便不客氣捏起翅膀把牠們送走。至於蚊子，看得見的，抓起紙扇啪一聲打下去，絕不寬貸。另有一種小黑蚊，丁點大，像螞蟻嗜甜一般試探我的手腳，一不留神就被咬出一大塊浮腫，奇癢又痛，而且常常一連幾處，我日日與之奮戰，仍然腫包累累，搔不完的癢，癢到在我腦海裡悠遊的精靈惱怒了揚長而去。這種隱藏的黑蚊，就像水泥叢林裡那些聽不見的惡言與看不到的惡行潛伏在暗地裡攻擊人一樣，或許，我的言行也曾經在無意中如小黑蚊一般叮咬過你和他人也未可知。

但是，在這山坡上很安靜，空空的房間裡，我極少量的說話聲音會在房裡四處旋盪，像是找不到落腳處，使得這種安靜幾乎帶有某種焦慮。微微的風吹過相思樹，吹過檳榔樹，再吹過龍眼樹，吹過木瓜樹然後穿過窗子吹到我身上，這風沾帶著泥香與溼氣，飄動的窗紗帶著風的問訊：一個人在這裡好嗎？我很好，謝謝。

窗外競生的蓮霧從樹上掉落地面啵的一聲，蟲吟細細，使冷靜的空氣震動起來，這裡的安靜因而有了層次。因風掃過，水泥地上乾燥的落葉擦磨著天地的孤寂，牽引了一種深遠的情緒。水池裡蛙鳴聽起來像充滿哀傷而神祕的獨白越野而來，青蛙想必也是寂寞的吧。偶爾也有幾隻烏鴉嘎嘎叫幾聲，然而最為聒噪不安的竟是我自己的內心。帶著不安寧的內心，我眺望四周浮著微妙山嵐的青山層層淡出，卻是滿目濃濃淡淡的心事。我畢竟是個傖俗之輩，思緒千千絲，牽扯著世間萬般種種。多麼愚騃啊，雖然人來到山中，心中竟仍然滿載著塵囂中的人與事，縱容他們繼續干擾我，忽焉在此，忽焉在彼，顛倒夢想不知所止。那刺探的眼神，雜碎的人語，以及淡漠無聲的身影不在我的視線、聽覺之內，果然就消失了嗎？又彷彿存在的，人間煙火延燒至山中，熊熊火光存在我的幻覺中。人情糾葛著世故，往往化為一種蟻類齧咬般的疼痛，在心裡發作。

有時下了公車，在候車處小立，回頭看看市區，總是先看到那幾棟叫價高到令人咋舌的新建大樓，懸浮在煙塵濁氣之上。從這個角度俯看，我無限貪戀的地方和賴以生存的一切，在陰霾的天空下顯得如此飄渺而滑稽，竟是一幅末日般的廢墟感與荒謬。在煙塵當中荒謬的金錢遊戲真槍實彈正在操演，瘋狂進行著，我警戒而抗拒著那種致命的誘惑與空洞。天氣晴朗時從此處尚可望見靜臥遠處的淡水觀音山，此時市聲已遠，蟬鳴未起，此刻眼下靜謐的綠意間湧動著啟示，所謂的人世間，似乎與繁華或幸福或成敗無關，只是恆常的徒然與寂寥罷了。

除了偶爾感到的落寞，在自己的空間裡，我沒有不快樂的心思。你上班，小孩上學，我吃得飽，睡眠充足，因著種種緣由來到這裡，藉著一窗天光工作、讀書寫字，於是有了生之愉悅。這時候我常常想到你，想到你正在辦公室裡努力工作，而我安靜坐在窗邊，就像慢慢開啟一份禮物，享受這素樸的幸福還有一些些的歉意。

這裡有電腦，有手機，我沒有離開人群太遠。此時此刻，正是我要的理想狀態。有時鎮日不發一語，手機也不曾響起，這倒也合乎我的本性，可以安然處之。靜默中，閱讀，思索著兩三個句子，某種觀念，有時候也有一些話想和人談談。但要向誰說去好呢，想想這個人，想想那個人，卻想不出一個適當的人來商量。原來我所生活過的人生竟是這樣貧乏，貧乏到沒有一個不管何時何地，即便無事，也可以拿起電話打給他的人啊。

夏日，屋外陽光烈烈，屋裡只有一台迷你電風扇吹著。盛夏熱到最高點，是停止了一切念想與思考，是密不透風的熱，熱，熱。你在冷氣房裡或許無法想像我所感覺到的空氣中濃稠的熱，汗流蛇行而下，就如同炙人的家庭戲劇中的鬱熱，你又如何能體會在我其中的煎熬，你無法想像的。你無法想像的，並不表示就不存在，或者說你根本不願意去想像和面對。

暴熱的午後，忽然天色一陰，像是老天賜予的禮物，劈啪啪啪就來了一陣雷陣雨。那麼急，那麼響，雨下在樹上，屋頂上，水泥地上，彷彿全世界的雨都下在這裡了，而這個房間也是老天送給我用來躲避風雨的禮物。幾聲霹靂之後，雨勢也就逐漸小了，終至無聲。又忽然，蟬鳴如雷歡動。

庭院是一片綠色野草帝國，雨後野草更見攻城略地，在無人理會的角落佔地為王。勃勃生機，沒有道理地生長，活著，純粹地綠。有時草叢中也開出黃的，白的，紫的小花，無名的不息的生，白、黃粉蝶上下飛舞，如此美麗，美得如一行詩句，然後寂然地謝去。這之間隱然有一種神祕不可言宣、不可冒犯的力量在運行。籠罩在這一股奧祕力量之中，飛鳥爬蟲游魚走獸都不工作，而你我卻要做得像被豢養的牛馬，做到口乾舌燥頭昏眼花，這是什麼道理呢。

我也不盡然什麼事都可放下，沒有坐看太陽光影從腳邊慢慢移動的餘裕。往往一連幾日賣力伏案作工，藍天綠樹都顧不上多看一眼，多年來在辦公室裡養成的習性，至今仍習慣將身心禁錮在電腦之前。工作暫告一段落，我決定給自己一顆糖，森永牛奶糖。嘴裡甜蜜的滋味，心上卸下了壓力，我在走廊上來回走動，忽然就笑了起來。彷彿回復到曾經的純淨無爭的年代，彷彿一切都溶於糖的甜蜜與美好，一顆糖提醒著一種單純生活的歡愉與勞動之後的滿足。

我滿足，這樣簡單生活。並讓我想想生命的希望與幻滅，生活，還有工作的意義，儘管沒有解答。我曾經問你：你曾經仔細注視過你自己嗎？那個除了是人子人夫和人父的你之外，另外的自己，你自己？話一出口，兩人皆無語。我們共同經過了各種困難創傷，也曾有過美好的日子，當我決意要有一個自己的空間的時候，情況就有些不同了。這或許是個隱喻，或許是個象徵，我有所追求有所反抗，有所為也有所不為。我選擇，或者耽溺。

沒有特別的什麼，這只是一種嘗試，我試探著生活的另一種可能，記寫生活中微小的事情，如此而已。在這裡度過平淡而安靜的一個白日之後，如常沿路買麵包，買點青菜。然後回家。做晚餐，等待你們回家，如此而已。

想去遠方

星期天的早晨，她總是耳朵先醒來。起初是外籍看護阿麗在浴室將水龍頭大開，以最強的水力沖刷地板，濺起瀑布般的水聲。刺耳的電話鈴鈴鈴鬧起來，聽說是朋友王君一家人要來訪。腦袋已經被吵醒了，身體卻百般不願意挪動一下。

忽然，抽痰機響起的轟隆隆中伴著老人淒厲的咳痰聲，接著是啪啦啪啦有節奏的拍背聲，床再賴下去，連她自己都要臉紅了。

桌上堆壓著從辦公室帶回未看完的稿子，她一邊胡亂地加衣服，一邊把電腦插座接上，就開機吧，或許用得上。

一手拿早餐，一手按滑鼠，快快瀏覽信箱，把需要用的檔案叫出來，哎呀，怎麼還停在五六百字的程度，這個檔案開開關關也不知道多少回了。

她想：不行，在客人到來之前，得先去一趟市場。於是五花肉、雞胸肉、排骨、一尾魚、花椰菜、甘藍菜、幾把青菜，菜籃車已經重得拖不動。

拖著星期天才有的懶散腳步回到房間，陽光斜鋪在書桌，充滿誘惑，一直吸引著她走過去坐下來。電腦在待機狀態，螢幕一片烏暗，就如同她腦海裡一片的空白。她努力著要把思維從生猛的市場和魚肉蔬果的印象中拉回到冷靜的文字領域，嗯，再用冷水洗把臉。

「叮～咚～」客人來了。

一陣猛烈的咳痰。啪啦啪啦拍背聲。

王君先探望病中的老人，詢問了近況，這個探問也透露著些許不安，因為他也正面臨父母老病的問題。同時，他們也都到了該規畫退休生活的年紀了。小孩在沙發上扭來轉去，大人的問題對他們而言太遙遠，小孩是燕子窩裡的雛鳥，只管張嘴，只管鬧。工作的疲累深刻寫在彼此臉上，他們不再像學生時代一樣談論果戈理、托爾斯泰，現在慘淡的心情卻像杜思妥也夫斯基小說中的小人物，這時節大家只能互吐苦水，相濡以沫，有人過得比他們好，更多人比他們悽慘，中年老友竟以此互相安慰。

客人離開。電腦待機，無聲。黑暗的螢幕一片未知似的延伸，那一堆書籍與文件也靜默著。

趁著午飯後的混沌困乏之際，她拿起針線縫了脫線的被單，女孩踅進房裡。女孩對新近出版的書充滿興趣，隨手拿起書架上的一本書，一副想要長聊的樣子，說這書封面摸起來感覺很不錯耶，媽媽，ＩＳＢＮ是什麼意思呢？你認識這個插畫家嗎？媽媽覺得我很吵哦。嗯。可是我好想告訴他，他的畫很好耶。「書上有錯哦，媽媽。未來少年柯南和少年偵探柯南是不同的人耶！」咦，真的嗎？……

她每每為在書出版後才發現編輯上的錯誤而捶胸頓足。那是污點，就像吃飯時湯汁噴上襯衫的斑點，有時候是洗不掉的。現在新進的同事，敢要敢衝敢比，有企圖有效率，充滿競爭力，可以加班到深夜，暢言卡位說，大談辦公室政治，讓她以為自己還停滯在十九世紀的農業社會。一度她相信自己就像辦公室裡那棵馬拉巴栗樹，只要有一點點水分，一點點陽光就能活下去。她經常從令人疲倦的工作中，抬起頭來看看樹上嫩綠的葉片，看看窗框上的金紅的落日餘暉，有時腦海閃過工作和生活的種種，多少有些些慰藉。但是在愈來愈逼仄的辦公空間，第一個要犧牲的就是這樣一棵擺放多年已顯高大而多餘的樹，坐在樹下辦公已成為笑話，她倒寧願被移開的是她自己。

她想去遠方，去走走陌生的街道，去看看不同的人們，眺望遙遠的海面，呼吸清涼的空氣。

抽痰機又轟隆隆響起。轟隆隆聲中忽然間拔起婆婆尖銳筆直的啐罵：阿麗啊，妳抽那麼久，阿公會很痛耶，一直抽一直抽，不然妳抽妳自己看看……。接著，啪啦啪啦拍背聲繼續響了半個鐘頭。

下午三點鐘女孩要去上鋼琴課了。女孩在穿衣鏡前忙碌著問道：媽媽，你覺得要穿長袖還是短袖？一會兒又來：這上衣配什麼顏色的裙子好呢？她好不容易才坐到書桌前，叫醒電腦，還沒打上一個字呢。二人在鏡子與衣櫃之間來回走了幾趟，換過若干組合的搭配，嘰嘰喳喳鬧一陣，終於把穿得美美的女孩送出門去。她回頭快速又機密地凝視了一下鏡子，目光受了刺傷似地趕緊收回。

回到書桌，再一次拍醒電腦，她想，可以開始工作了吧。

電話鈴聲又響，是這個星期不回來的小姑打來找婆婆聊天。這種電話通常都像是綻了口的毛線衣，一旦找到線頭便可以閒扯掉半個下午，……我這次頭毛染得不美啦……妳那套皮衣好看啊，美容院頭家娘嘛有一領……啊我的股票都套牢了，妳看要怎麼辦哦？……時而尖高時而細碎的語音，彷彿一縱隊的小螞蟻，沿著牆壁爬進房間爬進耳膜鑽進她的心裡。她以最大音量的麥可·傑克森的歌聲來鎮壓這隊螞蟻雄兵。beat it, beat it, just beat it. 螞蟻一隻一隻從心上跌下來。OK, let's beat it.

在鍵盤上用力敲了幾個字，又刪了幾個字，來來回回敲敲刪刪，她心裡緩緩浮起一股朦朧的怒氣，也有一些緊迫感，其實是荒涼得要命，直如柴火燃燒後的灰燼的那種荒涼感。

她想去一個遠方，不論是荒原或曠野，只要，離開，就好。只要不再聽到這些沒完沒了的話語，再過這種沒完沒了的日子。一個遠方，但是，遠方，是空間上的遠方，時間上的遠方，還是心理上的遠方？她想起曾經在一個假日，她一個人出門了，站在十字路口，腳步遲疑，向左？向右？去哪裡好呢？

遲疑的腳步順著習慣走向辦公室的方向，辦公室裡已有三兩位同事，工作總是做不完的。大家也不多做交談，低頭各自忙著。她從提包裡拿出書皮已磨得捲角的辛波絲卡詩集，隨意翻看。一首又一首詩，都向遠方展開，伸展著新的地平線。

那些文字如此熟悉又如此新奇，彷彿自己也可以寫下一些什麼，文字是一枚車票，一張模糊的地圖，而詩從未寫成，只留下充滿沙礫灰塵的字句。她想，如果有一個清涼而完整的夜晚，如果有一個沒有受損的星期日，如果生活中有平靜而悠遠的心情。

而生活是怎麼回事？到底怎麼回事，為什麼總是以鬱悶憂傷作為生活的註腳，她也無法解釋。她問他，他聳聳肩苦苦地笑了笑，走開去。她辛苦地維繫這個家庭的完整，然而房裡的書架如牆，一面是詩集小說和散文集，另一面是財經管理和投資，分隔出他們各自不同的世界，簡直認不出彼此來。中年的愛，曾經是飯桌上冒著一縷縷白煙的飯菜，棲息在衣櫃裡熨得平整的襯衫，愛在忙碌的日子裡滾動著汗水與笑罵，如今是一襲褪色的家居服，屈從於習慣，而且懶惰。當他也無可奈何時，只好靜默。靜默如同冷冷的雨，在他們之間下著，她打了一個冷顫。

忽忽日已晚，雖然她抗拒站起來離開電腦，但是很抱歉，總得要吃晚飯。她必須淘米揀菜下廚房，不管願不願意。廚房裡熱灶熱鍋，魚在煎，湯在熬，抽油煙機轟轟轟如戰車輾過想像的花園，生活缺乏想像力加以滋潤，如走在夏日發燙黏腳的柏油路上。忽然，門鈴叮咚又響。另一個小姑一家人駕到。哎呀，又是不速之客。原本一家人的菜量，須暴增為兩家人的份量，外加飯後水果茶點……

學齡前的男孩呼叫怪獸作戰電池玩具咔嚓咔嚓猛攻，抽痰機轟隆隆響；張菲的綜藝節目娛樂了婆婆與小姑一家人，一陣又一陣哈哈笑，準確地配合著電視裡的罐頭笑聲，笑聲如鑼響，喧囂而空洞，重擊她緊繃的神經。她看著沙發上熱鬧歪倒的人形，和洗碗槽裡沉默堆疊的碗盤，一星期，一星期循環重複，種種她十分熟悉卻從未去思考的情狀，讓她感到徹底的厭倦。從來，沒有人敢踏入廚房問要不要幫忙，離開時也沒有人會說一聲謝謝，多少年下來她終於看清楚事實，她對他說：

「吃飯的事，以後請妹妹們自便，我不做台勞了。」

待飯桌與客廳收拾妥當，已是晚間十一點了。她洗好澡，整理明日上班用的文件和提包。書桌在檯燈的映照下，敷了一層薄灰，電腦待機，無聲。

忽然間，一切安靜了下來。

她環顧一下屋裡熟悉的擺設，努力回想這些年來生活怎麼過的？似乎是絲毫沒有困難地一天過一天，像影印機複印文件一樣簡單。但她不是影印機，每天像救火似地疾走趕著上下班，她累了。她思忖著改變的可能，改變自己呢還是改變環境？書架上沾滿灰塵，改天再整理吧；工作雖不盡滿意，至少也還是喜歡的領域；她不忍心讓女兒可憐兮兮去買便當吃，她不喜歡家裡沒有女主人的空虛。但是，她仍渴望著去一個遠方，在陌生的街上，在遙遠的海邊，不參與，沒有欲求，只是看著，呼吸。

她想去遠方，想去一個遠方，不論哪裡，只要，離開，就好。一個星期結束了，另一個星期即將開始，日子也許會更好，也許根本不會。她想去遠方，不論哪裡，只要離開，就好，只要能從即將窒息的日常中蕩開就好。

為什麼不出發呢？為什麼不走出去？Why not？她心底潛流著一股細細的怨怒謀劃著出走的路徑。臨睡前，女孩來道晚安，兩人賴在床上嘰嘰喳喳聊了一會；老人的抽痰機隔著牆壁悶悶發響。對女孩的牽掛和自己對未知的遲疑，就如地心引力拉住人們的腳步一樣，穩穩拴住了她。

終於，她發現自己竟像一棵植於土地的樹，不能行走，只能，眺望，遠方。

午後的存在

山路轉彎處，恰好是一山坳缺口，有幾塊平坦大石頭，四周的相思樹，樟樹，油桐樹，形成一處可坐可蔭涼的地方。午後我散步到此，常站上大石塊，眺望遠山，層峰疊巒透著遠古荒遼的色彩。碧綠的新店溪在此打了個折彎，像是在流程途中歇個腳，靜靜的水面便向新店方向流去。樹下日影閃爍，我看山看水看樹，沉湎在小風裡。

若坐下來，面對著是一個菜圃。入春後，黃白粉蝶在菜圃左右飛舞，園子裡辣椒紅，茄子紫，小黃瓜的黃花，木瓜肥碩，加上外圍咸豐草的白花，在大片層疊的綠意中醒目地跳躍。稍遠處有棵台灣蝴蝶戲珠花，樹上開著一簇簇白花，彷佛一群群斂翅棲息的蝴蝶，與菜圃裡的粉蝶相呼應。看著蝴蝶曼妙輕舞，我忽焉省覺自己之於寫作與文學，正像因遲到而跑得氣喘吁吁的懶惰小學童，補做功課，閱讀經典，恰像蝴蝶吸花蜜般，為路旁的美麗所迷而停留在各色花朵上。

也有那美麗的毛毛蟲，拱背蠕蠕爬行在圍籬上，碰到障礙便試探著轉彎；牠一路掙扎，彷彿一籌莫展，帶著誰也不明白的，古怪的，小小的意義活動著，笨拙的動作，讓人看了要發笑。然而，我此刻不也像牠一樣一籌莫展。不知是自己太淺薄，還是人性太深邃，在應付世事人情時我總顯得太笨拙，以往我所相信的美好信念，如今卻一再被考驗，被顛覆，為此而時時刻刻不知如何是好。毛毛蟲時而停下來歪歪頭，似乎不能理解我何苦來哉。

不經意聽見燕子的啾啁，樹葉深處的斑鳩貓頭鷹叫聲，同時，今年第一聲蟬鳴響了。時響時停，蟬不太確定似地試探著，在潮潤的空氣中鳴聲顯得凝重了。恰似遙遠的呼喚，蟬鳴鼓盪了屬於夏季的家鄉記憶。在島的南端，想必此時空氣裡已瀰漫芒果熟甜的香氣，和蒸煮月桃葉包粽子的味道了。許久，蟬聲忽然又起，嘶叫著，隨即又啞了，終究停止了。

路上一位老婦，提了個沉重袋子，拄著雨傘搖搖晃晃走來。原來她要到山間一處廟宇，與同好聚餐。這一段路老婦走來相當吃力，我接過袋子，陪她走上一段。老人健談，喘著氣說年輕時常來這一帶挖竹筍哩。我曾兩次在路上遇見她，替她提袋子，聽她說挖筍的故事。我一向願意接近老人，欣賞他們垂老的安詳，也懷想家鄉的老父母。抬頭看，藍天古老永恆，群山遠古荒遼卻又如新，蜻蜓上下翻飛，有人掛在檳榔樹上採檳榔，有人在菜圃裡弓腰勞作，天地運行如斯，世間煙火如此。

我坐回石頭上，依然沉湎在小風裡，感覺風穿過身體，帶走了煩憂，污穢，執著。我自身彷彿可以是相互拍擊的樹葉，搖曳的咸豐草，飽滿的茄子木瓜，就在此時此刻，在這裡，存在。

茶米茶

有時候，我會去找魏老闆喝茶。

魏老闆的攤子在市場中間位置，得擠過雜沓的人群，閉著氣走過肉砧魚攤，在一片嬰兒服睡衣中，好不容易才看得到頭頂上的高度，兀自飄搖著以墨汁寫著「茶」的瓦楞紙片，使這個繁榮的傳統市場多了一點鄉野氣息。

起初，和朋友一起去找魏老闆喝茶買茶葉，只是覺得茶葉很香，茶湯喝起來順口。一開始老闆問我，喝了茶之後，有沒有什麼感覺？我反應遲鈍，就只點頭讚美好喝好喝，支吾半天也說不出什麼有感覺的話來。老闆笑笑也沒多說話。

魏老闆是癌症的倖存者，一談起現代人的飲食習慣，他便有話要說。一方水土養一方人，台灣是海島型氣候，應該喝什麼茶，三餐該吃什麼食物，搭配什麼食用油，經過他自己的各種實驗，自有一套譜。有時，有人不以為然反駁他的說法，他就說：好，你回家去自己試試看。去，感覺。

魏老闆並不講究茶器，所用的只是普通的茶壺、茶杯。但是茶杯裡茶湯的色澤，讓我每每想到琥珀、珠玉這樣的名詞。喝過幾次之後，他不厭其煩糾正我端杯的方式，漸漸我也喝出一些味道來了。曾經在喝了茶之後，有那麼一時刻我感覺全身舒暢，彷彿身體裡的筋骨脈絡都打通了一般通順無礙。

我聞著茶香，感覺著有如在晨曦中露珠沾溼了褲腳，去摘下成熟的菜蔬，天然的熟香，在鼻中慢慢的膨脹，又慢慢的收縮，不覺中一口氣吸得很深。偶爾也聞到彷似堆肥的味道，漸漸地陽光蒸發露水，地氣緩緩蒸騰而來。

因為一杯茶的提醒，這時我忽然非常想念昔日艷陽天坐在大樹下乘涼，自然，緩慢，閑散的農村午後的步調。我問：同樣的茶葉，為什麼我泡起來的味道和你泡的喝起來那麼不一樣呢？魏老闆的眼睛因香煙的繚繞而迷濛，他瞇著眼看看我，笑笑不答。就像茶也不說話，只冉冉浮香。

我一坐大半天，魏老闆泡茶卻是很有斟酌的。茶葉的選擇、倒茶的時機，以及茶點，彷彿就在他眼神轉動之間佈局停當。魏老闆略諳醫理，察言觀色，看人的唇色、氣色，大致也可看出該人的身體狀況。但是除非你誠心討教，不然，茶人大默如雷。有時，魏老闆也會說幾句箴言似的俗語，例如秤頭就是路頭，凡事不要太計較；市場裡有人瘋瘋癲癲耍賴，他一臉不屑地說道：吃尿假醉。

說也奇怪，每次去找魏老闆喝茶，卻不曾見有人買茶。偶或有人來問茶葉怎麼賣？那也只是問問而已，魏老闆並不熱心招呼客人。

魏老闆繼續談著他的飲食理論，說著身體對飲食的感覺，說著怎樣吃才健康；我則自顧反芻著一些心事，或一同看路過的行人。茶，淡而有味，就像某種回憶，某種人生況味。

茶米茶米，只是在茶攤上喝茶，坐看路過的人，竟也有飽足的感覺。

迷途的鴿子

颱風來臨之前，天氣總是特別熱，熱到鳥都飛不起來的燠熱。黃昏時候，天空一片燒紅。雄哥站在屋頂上揮著旗子，召喚他的鴿子回籠。天色一層一層暗下來，雄哥身影貼在彤霞的天空裡，像個單薄的剪紙人形，歪歪扭扭的快要被風吹走似的。

颱風過後總是要停電數日，這樣的夜晚出奇地涼爽，遠處有人以錄音機放送電視連續劇《梨花淚》的主題曲，那歌聲在黑暗中聽來特別淒迷，于櫻櫻悲傷的音質恍惚中讓人想像起愛情中的微微心痛。我和雄哥騎著腳踏車在全然黑暗的村子裡繞著。因為暗，我們騎得很慢，幾次都在僅僅幾步的距離才驚險閃避路人，村莊小路因停電而擁擠了起來，潛伏著一股廟會前熟悉的騷動。藉著星光，我們沿著堤防騎車，堤防那一邊是隘寮溪洶湧的水流聲，大水從大武山那頭滾滾奔來，又從這裡轟隆隆要奔往前去，黑暗中的水聲響得要把人捲進去似的，連青蛙都不敢出聲蟈叫了，我與雄哥互望一眼，確定了彼此的驚駭，掉頭往村裡走。

父老們聚在門口埕夜談農地上的損失，談論著大片香蕉園只剩下像穿著襤褸衣褲殘兵的香蕉株，短期作物的葉菜早已開始腐爛，個個焦慮煩惱得不知如何是好。在一旁聽著，我開始感受到生活些微的壓力與驚悸，颱風之後農村裡總是充滿嘆息聲與無力感。父老們商議著下一季的農作，未能參與其中的雄哥竟敢於抵抗別人的鄙薄，儘管四周斜睨的眼光和陽光一樣刺辣，偏見和石頭一樣堅硬，他仍然蓄養著鴿子。不管阿姑怎麼罵怎麼唸，也無法稍減雄哥對鴿子的熱愛。每天夜裡偷偷去聽人家說「鴿經」，直到深夜才像隻貓躡著腳摸黑回家。

說起養賽鴿啊，那不大不小也是一門學問，要學要問的事情可真不少，但是學校裡沒有教。譬如怎麼選擇種鴿、如何訓練鴿子飛行以及怎樣辨識鴿子的優劣什麼的。雄哥長年去聽來的學問，有時候對我們談起來，他才像從大人的咒罵中活過來似的，比較願意多說一些話，跟我們講話也不會那麼不耐煩。一回，他說起一隻鬥雞眼的鴿子，連要啄玉米都看不準啄不到，他便學那鴿子啄食的蠢樣惹得我們一群人笑得抱著肚子在地上打滾。忽然間，雄哥停下動作，大家抬頭一看，全員一骨碌通通爬起來，低著頭排排站好。原來姑丈就在不遠處，怒睜雙眼，對著雄哥惡狠狠罵道：「養粉鳥，一世人法磔啦！」比罵那慢吞吞的水牛還咬牙切齒。但是雄哥像在準備高中聯考一樣用功，每天夜裡還是出去找人研究討論飼養鴿子的種種。

一日清晨，我隨雄哥爬上屋頂，鴿子低低沉沉「咕——咕」叫著，像嬰孩剛睡醒時的呼喚，雄哥嘰嘰咕咕不知跟鴿子說了些什麼，才將牠們放出籠子去飛行。我們坐在屋頂上看鴿子在透著霞光的半空中盤桓，清涼的空氣中，鴿子撲翅的聲音都聽得清清楚楚。鴿子一圈又一圈以勇敢的姿態飛著，天色也一寸一寸亮了，太陽緩緩從大武山的後方升上來。

鴿子在空中飛行幾圈之後，雄哥吹著哨子呼喚牠們回籠，然後餵食。這時我們腳下的農村，雞飛了狗也跳了。眼下的屋瓦，一行一行整整齊齊排列如田畦。不用上學的時候，我們常常得到田裡去幫忙摘豆子採收菜蔬、拔草。眾人在一行一行的菜豆棚架搜尋熟成的豆莢，那是非常單調的工作。彷彿你的眼睛生來只為尋找成熟的豆子，雙手只為了把菜豆摘下來。又比如除草，人蹲在田壠間，把雜草一株一株拔掉，才能一步一步往前挪移，太陽把背部晒得像貼在熱鍋上煎一樣，說有多無趣就有多無趣，說有多辛苦就有多辛苦。雄哥不耐煩農事，於是往往趁大人轉身去忙別的事情時，就模仿電影上卓別林在工廠中擰螺絲的滑稽動作，引逗大家開心。但是在被勞動磨得忘掉了娛樂的大人眼中，雄哥所做的一切只說明了一件事：這個囝仔無路用，不成材。

農人做的是雙手插泥背朝天的稽頭，而養賽鴿卻是浮飛在半空中無可捉摸的賭博遊戲，對農人而言那是奢侈浪費不務正業了然敗家，是注定要受眾人唾罵的行徑。於是雄哥比別人不快樂些，頭也低了一些。黃昏時他站在屋頂高處，揮動著紅色布條指引鴿群，他不被接受、理解的單薄身影，彷如荒野中一匹孤單的狼。紅色的旗幟在召喚什麼而揮動著，他的願望或許就繫在翱翔於天空的鴿子腳環上，把他的心思帶到別的地方去了。

不管如何，雄哥的鴿子還是給我們帶來一些樂趣。像我這樣沒有方向感經常迷路的人，實在好奇把鴿子放出去飛，牠們怎麼認得路回來呢？在鴿子腦袋裡到底有什麼機關讓牠們找到回家的路徑？據雄哥聽來的說法：鴿子身上有雷達可以偵測方位，也有人說鴿子靠太陽辨別方位，或者說鴿子能夠感應地心磁場。看他說得心虛的樣子，任誰用頭皮想也知道，沒有人確切知道鴿子是怎麼辦到的，總之鴿子也有鴿子的哲學吧。我看著鴿子思考這個問題，羽毛閃著粉紅光澤的鴿子啄一口玉米，歪頭轉動玻璃珠似的眼睛看看我，左右搖晃幾下腦袋，腳步踏了幾踏，一點也不在乎地繼續啄食。

那時候我們喜歡唱一首西洋民謠〈白鴿寄情〉，雄哥彈吉他，大夥人熱鬧嘶吼著：

「啊！白鴿，我是隻天上的小鳥，啊！白鴿，我要飛越群山，沒有人可以奪走我的自由……」有時也很抒情地唱〈老鷹之歌〉：「我寧可是隻麻雀，也不願做一隻蝸牛，沒錯，如果可以，我會這樣選擇。……」我們似懂非懂唱著的歌，就像我們想飛的心，渴望飛到農村之外的世界去，有誰願意像蝸牛一樣在農地上慢慢爬行呢。我們從黑白電視和收音機中得來的訊息，想像著遠方的圖景，激起我們太多的嚮往和好奇，盼望著去體會一些不一樣的，除了春耕夏耘秋收以外，有別於農村生活的一些什麼。

曾經，雄哥的眼光隨著鴿子在空中逡巡，若有所思地說道：外面的世界不知道是什麼樣子，真想出去看看啊。雖然雄哥不再上高中，他總幻想著要利用什麼物理原理來改造農具，比如在連枷上加裝馬達使它快速迴轉、用什麼輸送帶把稻穀自動送進風鼓，可以怎樣省力，迅速完成單調吃力的工作，然後他要去申請發明專利。一旦有了專利，哈，雄哥一臉無限神往，說得嘴角生波：到那時候就可以賺很多錢，可以養更多更好的鴿子；彷彿他就要出國比賽得冠軍了。

夏天，我們去冰果室吃豆油膏番茄，冰果室的收音機喧囂著披頭四的歌，雖然我們還聽不懂他們唱的是什麼，也足以讓雄哥的手足為之騷動起來。常常，那些養鴿青年也藉故來冰果室找雄哥，他們像貓王唱歌時斜站著抖腳的調調和看人的眼神讓我很不高興，用我阿嬤的話說就是：不正經。我轉身便離他們遠遠的。

賽洛瑪颱風襲台的那一年，隘寮溪的大水險些沖破堤防，強風將小學裡和阿嬤一樣老的鳳凰樹吹倒了，大人們冒著風雨在田裡搶救香蕉。雄哥的鴿籠也在屋頂上搖搖欲墜，眼看著就要被吹落下來。雄哥不顧強風大雨，硬爬上去搶救。鴿籠好不容易綁住了，雄哥在風雨中卻像一片落葉從屋頂上滑了下來……

阿嬤憂傷地嘆氣，說了聲：歹積德喔！

雄哥摔壞了腳，姑丈也只好妥協讓他在豬圈前的空地再搭建鴿籠。養賽鴿不僅比鴿子的體力、智力，更比鴿主的財力。不僅要用高價去買優良種鴿，早晚清理鴿籠，購買飼料藥品，玩賽鴿在家人看來就像在燒鈔票一樣。雄哥陸續賽鴿贏得了一些錢，但在一次比賽中他看好的賽鴿被人獵殺，雄哥便輸光了所有的賭資。沒有人有能力資助他養鴿子，此後鴿籠就如月球表面一樣荒涼，變成一道道空洞的瘡疤，我們也只能冷冷呆望著如廢墟的鴿籠。

我們的農村有時也像個月球表面一樣冷，無所事事在農村很難過日子，父母唾罵、村人閒話的口水就足以讓人滅頂。免去了兵役的雄哥選擇去學開怪手，此後，他臉上的線條更加粗野，身上曬得像裹上一層皮革似的，憤怒是他唯有的情緒。帶著像在抗拒什麼的眼神，雄哥無時無刻不坐在怪手的駕駛座上，粗暴地要鏟除有形無形的障礙物，要移開面前的大石塊一般揮動著有形無形的怪手。這時候再沒有人知道他心裡在想些什麼，恐怕連月光都不能照亮他的內心深處了。

或許在雄哥看來，我即將北上念書，也不過像蒲公英的種子被颱風吹到台灣北部那樣罷了。那日夜裡，雄哥在暗處叫我，帶我到陰暗的豬舍角落。雄哥四下張望一遍，眼底像鴿子眼睛一樣紅通通，他從柴堆裡摸出一條棉布包裹著的長長的獵槍。空氣中有一股快要爆炸的緊張感，彷彿只要有誰說一句話，就會擦出火花引發一場災難。

沉默重重地橫亙在雄哥與我之間，久久誰也說不出一句話。雄哥負氣似地將獵槍扛在肩上，低聲說：我要走了。一句聽起來很孤獨的話。

目送雄哥扛著獵槍自夜的薄霧中逐漸消失，身影如傀儡戲裡的人偶輕微一跛一跛地，冷冷地走遠了。天色昏暗，要走的路，在雄哥前方延伸，不見盡頭。

上班生活

她每天差不多在同一時間出門上班，鄰家的貓咪此時還賴在汽車引擎蓋上曬太陽（唉，人還不如一隻貓呢！）。瞇著貓一般的眼睛，她垂著頭走過菜市場和郵局，幾乎都搭四十五分那班捷運。車廂裡的人潮，還籠罩著睡意，面目一片模糊掛在拉環下，彼此緊挨著。八分鐘即到公館，她還是瞇著貓眼走出車廂，上樓梯，刷票卡，再走樓梯出站。走同一條巷子，彷彿夢遊者一樣走著，經過商店騎樓走到辦公室的大樓。有時爬樓梯，有時坐電梯進辦公室。

路上行人各自趕路，沒有人回過頭來看她工蟻一般的身影，她似乎也對別人失去了好奇心，大家像都了然於心而冷漠。她忽然覺得這段路程走得都要教人厭膩嘔吐了，想著該換另一種走法了，也許遲到幾分鐘，或走另一條小巷，或者任由自己徹底地厭惡自己。每日這樣單調地活著，如果生活是一桌無味的晚餐，而她是那烹調者，竟還可以照常飲食，可以安睡，她覺得自己已經活到恬不知恥的地步了。

騎樓下的商家門口，趴臥著一隻大肥貓，眾人經過牠身邊，往往不自主地慢下腳步多瞧牠一眼，有人甚至喵喵叫牠幾聲。一日，一個衣著邋遢滿臉鬍碴流浪漢似的中年男子，蹲在地上逗弄肥貓，一臉溫柔地對著牠唱「哪裡來的駱駝客呀！沙里洪巴，哎哎哎……」他的適意和輕快，讓她嫉妒得腳步幾乎遲疑，狠狠瞪看著他和肥貓。

進了辦公室第一件事是按下電腦的power鍵，她暗自祈禱著：醒來吧！然後洗杯子倒茶水。茶水間老舊的熱水瓶，一壓按便發出竭盡力氣嚎叫一般的聲音，每一回她都凝神仔細聆聽這個聲音，伴著樓下商家拉起鐵捲門的吱吱嘎嘎，周遭角落裡老舊什物發自內裡深處竭力嘶喊的卑微聲音，竟讓她有物傷其類的哀痛。她不禁失笑，曾幾何時自己也走到「老賊」的年紀了，或許在年輕同事的眼中，她已像個老舊該淘汰的熱水瓶，而熱水瓶悽惻的聲音像水牛般的哞叫迷住了她，彷佛自己就是那拖著笨重牛車的老水牛了。但是在辦公室裡顯現軟弱和哀傷是禁忌，陽光穿過茶水間積塵的玻璃窗照進來，她想如果是莫蘭迪，他會如何描繪這個熱水瓶呢？

她喜歡義大利畫家莫蘭迪的作品，喜歡他畫作中的靜物在靜默中湧現力量的品質，在他的作品裡多一個杯子或少一個瓶子，就是一幅不同意義的畫面。就像辦公室裡不同的人物組合，就有不同的氛圍，投射出不一樣的陰影和平衡關係。在四十坪大小的辦公室裡，大家小跑步奔忙，帶著各自的性格與嗜好，碰撞出笑聲與火氣。比如W出於對「吃」的熱誠與善意，於是辦公室裡充滿各式零食，要在終日飽食的胃袋裡挑逗每個人的味蕾，同事們帶著同樣的熱誠與好奇一起進行吃的實驗，製造辦公室裡歡樂和諧的蛋白酶。但也有人總是在生氣，和他接洽公事，他總是皺緊眉頭瞇眼看了看文件，像一隻河馬的午睡被吵醒了，不耐煩地先吐出一口大氣再咂咂嘴，有如別人犯了什麼給他添麻煩的錯誤似的。再次看一看文件，他的眼光在一個遙遠的虛空停留了一會，似乎才想到也沒有理由拒絕屬於他的工作，於是又推了推老花眼鏡粗聲粗氣問了問已寫在文件上的事情，十分勉為其難又語帶恐嚇說事情應該要這樣要那樣，他總是如此不快樂。

也有人，可以與她一起吃零食扯淡，一起逛舊書店，彼此借書贈書，疲累的時候她可以替他按摩肩膀捶捶背，他笑稱那是帝王般的享受。不意卻因為工作上的磨擦與誤解，像被踩到痛腳似的，他翻臉如禿鷹，從背後狠狠啄了她一口。受傷了，她默默走到闇暗的樓梯間靜待片刻，整理情緒，像一隻鬥敗的犬在暗處舔傷口，抹一抹臉，強裝出自若堅強的笑臉。她自許是一朵壓不扁的玫瑰。

又比如會計L可以一手翻帳單，另一手飛快地按計算機算帳，眼睛上下左右轉動的速度可與計算機數字的跳動相比擬。L看準了老闆不會來「打擾」的時機，都能找到人聽她數落負責賺錢的部門如何不會賺錢，花錢的單位又多麼會花錢，每個同事彷彿都是計算機上的按鍵，一個個都需要讓L重重地按那麼幾下。終日在十個阿拉伯數字打轉的L，不可置信地看著她聽到「量」這個名詞時，竟就像遭了電擊一樣，全身瞬間疲軟下來。這種對待數字不明不白的散漫，招致上司不滿與白眼的對待是既明且白的。

為了還一本書，她走進公司的另一間辦公室。這個辦公室裡空氣沉悶安靜，沒有人交談，也沒有音樂，在她進來的幾分鐘裡竟連電話鈴聲也沒有，靜寂如一座千年古墳，那一張張蒼白而無表情直盯著電腦的臉龐，是一座又一座守護金字塔的人面獅身像，「智慧」藏在電腦裡，要人這樣參它。她看了看這些人面獅身像，嘆了口氣，便急急離開現場。

辦公室窗外的路段，卻充滿了世俗生活的聲響，拼裝車時時噗噗噗自遠而近又近而遠去，擴音器叫著「簿仔紙、報紙要賣無；歹鐵啊要賣無？」她的肩膀僵硬得也快變成廢鐵了。新開幕飯館的宣傳車在廣告著菜色，加飯不加錢；下午三點鐘，小卡車出來廣播「土窯雞、燒酒雞」。再晚一點，現烤麵包出爐了，「大丹麵包、大丹麵包來了，大人囝仔都愛呷的大丹麵包來囉！」她覺得這些市聲似乎一聲聲在呼喚她，把熱騰騰的生活氣息飄進冷硬的辦公室案頭，好像她也必須做點什麼才能安撫躁動的心情。

她也想和別人一樣，喝了「蠻牛」似的充滿幹勁，十足的企圖心。有時停下手邊的工作，閉上疲澀的眼睛，可以清楚聽到窗外馬路上生猛的世界正轟轟然往前駛去，一聲一聲那麼急切、有力地鞭刺著耳膜，大家都那麼明確知道自己下一步要往那裡去嗎？和時間賽跑，和別人競爭，他們催足油門力不可擋地往前衝去。她也曾經迷惑於那些商業性周刊上某某三十歲就當上國際公司總裁、某某如何在一年內以一百萬元賺得千萬元之類的報導，誰知現代神話奇蹟般的故事，竟也像泡沫上的彩虹般旋起旋滅。

在辦公室裡，她也有時會忽然失去了言說的欲望，是那種對說話的倦怠，開口言語的無力感。讚美年輕女同事的服飾、髮型，或者對社會事件的感慨，讓她索然彷彿讀到一篇譯壞了的小說。言語更常常是具殺傷力的刀刃，在不合宜的玩笑談話中，唇槍舌刀明來暗去彼此砍殺，但是有誰贏得榮光呢？此刻，無政府主義者略帶嘲諷的無可無不可的態度，與劍及履及的射手座卯上了，言者諄諄，聽者藐藐，她一句話也接不來，她經常是辦公室戲劇中的閒角。經常地，在大家激昂的辯論或是狂熱的爆笑中，她抬起看了十萬字稿子的眼睛向左向右看看他們，像是才剛從火星降落地球似的，一切聽起來是那麼奇異地陌生。

工作如巨蟒大口大口吞噬時間和她的體力，每日下午五點半垃圾車的音樂聲響起，她就暗誦一次「光陰似箭，歲月如梭」啊！在忙碌中最容易的事就是放棄自己，放棄夢想，如同她的紅筆在稿子上一道一道畫去的贅字冗詞，她恨恨地想著：所謂的自己和夢想就是現實生活中的贅字冗詞。日光將逝，暮色瀰漫西天之際，火燒雲彤紅如祭壇，日日夕陽同樣地輝煌，天天她的眼睛佈滿血絲，唉！又獻上了一日的時光。莊嚴的黃昏裡夜蝠在樓窗外唧唧上下亂飛。如此光景，似乎沒有意義，偏偏又彷彿大有意義，工作一日之後的祥和啊！直到黑夜抹滅了最後一道光芒。

靜靜的灣潭路

都說這裡是好山好水的好地方。

這裡曾經是多少人第一次約會的紀念地，記錄了多少人的青春姿影，河水映照了多少人緋紅的臉龐。

過了談情說愛的年紀，人到了中年再來到碧潭，也有了不同的走法。十年前搬家到新店，碧潭、新店渡和灣潭路，便成為我們招待來訪朋友的路線。

總是先讓孩子們熱鬧踩過了天鵝船，然後橫渡新店渡到灣潭路。雖只是兩三分鐘行程的船渡，卻像是從彩色電影走回黑白片的擺渡。擺渡人看似輕鬆地搖著槳，不同於捷運隱於地下而快速；相異於公車衝撞於路上而顛簸；渡船徐徐緩緩浮在碧綠的水上，孩子們覺得新奇有趣，大人則有了懷舊與寄興。短暫的蒙太奇船行，跳上岸，便是灣潭路了。這裡曾經是新店前往烏來的屈尺古道起點，我一直喜歡慢走灣潭路，時而抬頭懷想先人蓽路藍縷的姿態步伐，時而低頭思索自己的問題。而灣潭路兩側的綠竹林、菜圃的田園光景，老婦在農地上勞作的身姿，農家出身的我熟悉得如自己的氣息，如手足，如童年的牙痛。

靜靜的灣潭路，孩子在這裡上了幾堂自然生物課，辨識鳥鳴、分別豆娘與蜻蜓，實地讓他們見識絲瓜是掛在瓜棚上的，竹筍從土裡冒出尖來，檳榔高高掛在檳榔樹梢頭。他們眨著蜥蜴似的眼睛，一個個在草叢中青蛙似地跑跳，嬌憨中有著因知識而來的自信。這裡離市區不遠又交通方便，朋友們喜歡來踏青探奇，擺渡過碧潭，避開假日嘈雜的人潮，走一段靜靜的灣潭路，或輕鬆活動筋骨，或紓解重重的心事壓力，也不至於像坐在咖啡館或客廳時，因為太貼近而難為情。走在灣潭路，我們一同回到走路流汗的年代，把心事壓力掛在竹林樹梢搖盪。

常常，日子過得像一只蒸氣壓力鍋，面對現實生活的壓力與謬誤，我佇立在紛亂的街頭，感到自己是一匹駝著千斤重負荷的駱駝，彳亍顛躓於水泥漠地，乾渴焦灼不耐難以承受。於是那一段灣潭路就彷彿一片綠洲，我偷來半日閒，猶如潛入夢中的桃花源，靜靜慢慢走著，讓竹林吹來的風拂去街頭的煙塵，檳榔樹嘲諷著我的焦慮，鳥鳴鬆懈了現實的張力。

這裡車子極少，可以放心隨意走路。靜靜的灣潭路，老蓮霧樹旁的雜貨店還是雜貨店，海會寺依舊肅靜莊嚴，寺前岸邊的蘆葦臨風搖擺，一片祥和中似乎沒有什麼了不得的事了。天地之間總也有個地方可以讓人喘口氣，可以歇歇腳。兩側的綠竹林、菜圃田園光景以及垃圾堆，我熟悉得如自己的氣息，如手腳，如平日的胃痛。在我為生活匆忙紛亂、來不及將感受沉澱的年歲裡，所幸還有這一段灣潭路，可以靜靜地走著而感到微微的愉悅。風撫慰著灣潭路上竹林葉梢，渡船浮蕩碧潭上，蒼鷺棲止岸邊，我閒走在微風中。

曾經中山北路

那時候，我們都年輕。初出校門，世界一片新鮮。對於未來，我們憧憬，徬徨。熱切地渴求著什麼，探索著自己的方向，彷彿從學校畢了業學習才真正開始。

那時人們開始學習欣賞現代藝術的新視角，學習進入美術館的禮儀。現代藝術之新奇，新得讓人驚慌失措，奇得讓人心驚膽跳，連「大便」都可以是抗議的武器而成為行動藝術。於是我們勇敢發言、嘗試，很以為自己是推動新美術的小螺絲釘。我們是這麼年輕，以至於容易相信。

我們總相信只要英文好，前途便可以無量，與國際接軌，所以發憤要讀英文。下班時順路去民族東路口的敦煌書店買到英文版的《老人與海》，碰面時你要我讀給你聽，我逞能抬頭背誦起來：He was an old man who fished alone……你便笑了。

當時，你愛談天我愛笑。你兵役期間的放假日，我提早下班，我們跑步衝過地下道進入兒童樂園，只為在五點鐘之前再坐一趟旋轉木馬。旋轉木馬隨著音樂上下躍動迴轉，風吹乾了我們臉上的汗珠，才看清楚原來當時自己的處境正像坐在旋轉木馬上打轉。對於未來，我們有美好的期待，當下卻有太多徬徨與焦慮，除了讀英文，也時時思想著參加高普考、考研究所或是去參加大企業的招考，但終究也只是在原地打轉，什麼地方也沒去成。有時我們也去旁邊的動物園看河馬打哈欠，把煩惱丟進牠的肚子裡，對猴子談未來的計畫。兒童樂園的門口永遠浮漫著茶葉蛋、炒田螺的味道和棉花糖的甜膩，台北電台的紅色窗櫺厚積著灰塵，周間的黃昏在槭樹濃蔭下無人的公車站牌等遲遲不來的公車，惶惶然像被什麼拋下了似的。

有你陪著，我們拋下公車散步去。可以從北美館經過幽深的彩虹俱樂部、俗麗的海霸王餐廳，一直走到晴光市場去吃點心。或者沿著憲兵隊營區，與襯衫內暗藏手槍的便衣憲兵互相瞪看，經過敦煌書店走到大同工學院。沿途的槭樹春夏秋冬美著春夏秋冬的美，綠蔭吸引我們忍受車煙，來回來回踩著紅磚道，互相訴說服兵役的種種情節和工作上的困頓挫折，交換彼此的憂愁與喜悅，累了就去女王漢堡店吃薯條喝可樂，聽We Are the World，說一夜傻話，不知道此後會有爭執，妒恨和斷絕。

我們也曾經走過中山橋下的基隆河畔，去尋訪圓山貝塚的遺跡，想像先民如何吃大蜆，在這河畔過日子。黃昏薄暮漸漸的橋下，因曾經許多車子從中山橋掉入基隆河的車禍而顯得陰森慘慘，某個恍神的瞬間四周靜默下來，不知道那種靜寂是歷史無聲的流轉，抑或大自然的虛靜。那時，從圓山飯店的後山打完羽毛球，在下山台階旁的荒草漫煙處，忽然怪訝地發現了「太原五百完人塚」。這一段路也曾經是人們參拜台灣神社的路徑，急流的時光之水，在橋墩處形成無數打了又解的結，解了又打。風從基隆河面帶來微微的水腥與臭味，高架橋上的汽車發出破空恐怖的聲響。遙遠不可設想的年代，多少生存與死亡，爭鬥與和解，愛與恨的事件發生，那一切一切似乎只殘留著種種碎片，似有意似無心地在我們眼前或隱或顯地一一展現，彷佛要傳達一些什麼訊息給我們嗎？但那時我們還太年輕，那一切一切彷如夢境，在晨光乍現的片刻便已遺忘。

漸漸地我們也遺忘了美術與詩，在試圖分辨生存與生活的意義時。藝術無能解答疑惑，無寧是更加深我們的疑惑。廟堂與權力何嘗能夠指導顏色與造形？陽光從美術館落地玻璃窗洶湧而入，落在畫框上光影閃爍，眩目，虛幻。玻璃窗外，疾飛的鳥雀往往一頭撞上大片大片的玻璃而陳屍地上，或許是對這個景象強加賦予了什麼意涵，比如盲目，衝撞，幻滅，虛度光陰等等，我們是那樣年輕，竟也因而生起深深的倦怠。終於，我們明白，世界並不掌握在誰人的手中，我們甚至連一顆小小螺絲釘都不是。

我們不是螺絲釘，只是我們自己，只能掌握自己。在無趣的工作中，我喜歡從北美館的三樓往東遠眺新生公園旁的林安泰古厝，那是我偏愛的生活格局；你卻喜歡朝南望，嚮往就在腳下屬於美軍顧問團整治有序的美式庭園。未來，太遙遠又太逼近，你說：握住妳的手，就好比握住了整個世界，很充實。日記上我這樣寫著，要命的是日記上繼續寫著：那我怎麼一點感覺也沒有呢。雖然那時我們還年輕，但心底有某個屬於年輕的部分損傷了，不存在了，我已經不再相信「等待像妳這樣的女孩」的話語。此後，我們是彼此咬傷的幼獸，互相閃躲，各自強作嬉笑。

那一年十月，動物園要搬家了，我們遠遠張望著一場嘉年華會似的車隊，大象林旺和馬蘭與長頸鹿的貨櫃車沿著中山北路往木柵的方向走遠。我們像目擊證人，也看著自己的快樂天堂走遠了。

八〇年代的中山北路三段，正是如此曾經「舊情綿綿」，竟也隨時光無聲流去。我們攜手繞行的中山橋，現在橋墩、橋體也被分解成二百塊，堆置在我們曾浸泡夏夜的再春游泳池上。世事總是這樣，有些東西被遺忘，有些東西消失，有些東西死去了。歲月之河的波影，不期然拍擊記憶之岸，讓人在一陣暈眩之後，還得繼續前行。再走一趟中山北路，槭樹綠意依然很濃，然而往事淡了。

中年

我已經完全是中年了。

中年是出門一定不空手回家，總要順便買些廚房用品，比如幾把青菜、麵條，有時是蒜頭、蔥頭之類。總之，手上肩頭一包包掛得像個賣雜貨的人，哪能像妙齡小姐輕鬆拎個名牌包，輕盈美麗地走在路上。到了這個年紀，對健康的期待高於對化妝品、染燙髮和名牌衣物的幻想，於是走在她們曼妙姿影的後邊，我有了從容的遺憾。

但我的腳步卻不從容。傍晚走在路上，匆匆忙忙急著回家，為了趕上垃圾車倒垃圾。還不及喘口氣，匆匆忙忙拎著兩包垃圾就衝進電梯。就在那麼一天的那麼一剎那，在電梯裡那麼不經意地頭一偏瞥見了鏡子裡自己的影像。天哪，什麼叫蓬頭垢面，什麼是黃臉婆，就活生生映照在鏡子裡，在青白的日光燈下形狀更為慘烈，絲毫無所遁逃。棉衫因汗溼而伏貼身上，頭髮被大髮夾咬在腦後，臉上脂肪太多，快樂太少。乍見之下，猶如迷路，教人駭異不可置信看著如此陌生又幾分熟悉的面龐。我木然地凝望著一個中年婦人的醜，那面容顯得疲倦，不再幻想，責任在肩，生硬無趣。沮喪隨著垃圾發餿，我責問自己：我對自己做了什麼，怎會放縱自己邋遢至此？

生活，日常生活是一柄劈頭刺下的利劍，令人閃躲得面目模糊。我混在一群等著倒垃圾的婦人當中，形容潦草融化在薄暮裡，大家已經放棄被觀看的欲望而自在，也中止了讓人想像她們背後故事的可能。中年是一部垃圾車，沿途承載了半生的廢棄物，女人不慎也把青春美麗打包在垃圾袋裡，一天天一點點丟出去。

如果說美麗的青春是一匹使人陷溺的綢緞，中年則是耐洗耐磨的牛仔布。人在中年沒有便祕，不會失眠，粗勇得像一只圓胖的大同電鍋，按時供應三餐。有時候，我也憎恨起自己，為什麼要每天拘泥在日常瑣事上，我在堅持什麼呢，讓自己累得要罵人。每天過著無趣無味的生活，卻又拖拖拉拉勉勉強強把日子過下去。

換新電腦的那一日，我說我要原先熟悉的介面，女兒生氣道：你為什麼就不試試新的東西呢？是啊，我是已經不敢嘗新了，時間是看不見的蠹魚，不著痕跡地蛀蝕了我冒險、嘗新的勇氣。新，是一堵不容輕易觸摸的牆，我害怕穿過那道牆，再沒有熟悉的東西可掌握。你們年輕的空氣中飄著勾攝魂魄的香水味，我們中年是晚間洗完澡後的肥皂香，家常，清潔，而且可靠。孩子，中年的我需要的是可靠的熟悉啊。

轉身

關於身體，我有許多疑問，但是我從來什麼都沒問。

在我成長的農村，身體是勞動的基本工具，只論誰能扛起多重的米包、甘蔗，能使出多少力氣駛犁耕田。農人有一副身體使出力氣是自然天成的事情，從來沒有人稱讚它的美麗，更不會有人去修飾美化。說人漢草好，就是大大的讚美與期許了。父親長年犁田耕作，與颱風雨水競速搶救農作物，自然練就的肌肉，在屏東平原曬足了陽光的古銅膚色，我私自以為父親農夫的身體美麗而尊貴。健康的身體噴薄而出的汗水混合新樂園香菸，堆肥，還有泥土的氣息——那就是我爸爸的味道了。或許父親渾然不知自己身體的美，身為農夫，身體之美純粹來自於肉身的承擔。

我們曾經被教導袒露肉體是不道德的，羞恥的，身體需要隱蔽起來，以致於我的身體形成一個封建社會。對身體的認識，我還停留在國中教科書的水平，就像一部衛教宣導影片，正面，光明，身體於我是一個奇怪而無知的小宇宙。現在流行穿著露臍的低腰褲，實在令我感到不雅與不解，別人大方展現年輕的胴體，卻是我這旁觀者感到臉紅不自在，我為什麼要看別人的肚臍眼呢，而且人體上總有過多的脂肪、皺紋、沉澱的色素甚至疤癤和過大的毛細孔，我覺得赤裸裸暴露的身體並不美。

但我喜歡看人舞蹈。小時候我鄉迎媽祖時有牛犁歌的表演，我讚嘆驚奇於跳舞女子可以把腰肢扭得宛如水蛇一般游動，汗水一行一行自她抹著白粉的臉上流下，兩片唇紅得像朵春花，簡直就像轉動萬花筒時的繽紛迷離。雖然長輩總是鄙夷地說查某囝這麼會扭，無一個款，我還是覺得那是華美歡快的。但是我從讀女校開始，即便只是和同學手拉手跳水舞沙漠之歌，音樂一停便急急抽回微微發汗的手；大學時代就連沒有章法的迪斯可跳起來也像隻肥鴨，無法放鬆手腳。

於是，我什麼舞也不會跳，我甘心安於笨拙身體裡，只坐在台下看別人舞蹈，愛爾蘭的踢踏舞，瑪莎·葛蘭姆，默斯·康寧漢，碧娜鮑許，雲門以及麥可·傑克森，我都喜歡。我想像著背離地心引力，揚棄束縛，想像跳舞的飛揚，激烈，踴躍，美麗，快樂。在千百次的想像中自己是咬著紅玫瑰跳佛朗明哥的卡門，華麗的轉身，強烈，明艷。但由於羞怯，由於手足無措，我不能駕御自己的身體，在人前我拘謹著自己的肢體。一個害羞膽怯的女孩躲在我身體裡。

即使開始懂得欣賞西洋美術的人體雕像，從希臘羅馬的運動員與維納斯，米開朗基羅的大衛一直到現代的亨利摩爾、傑克梅蒂，我仍然不曉得回過頭來觀看自己，端詳身體上的種種，彷彿不知道自己是有軀體的。到如今，我以考古的眼光審視自己，這半古不新的身體，猶如一部半舊開始長鏽斑的機器，老化的腳步在身體裡逡巡，處處誌之，留下既駭人又具體的細節。身上一直掛著需要減去的十公斤贅肉，白髮日日拔之不盡，身體因承載太多而沉重，開始背叛人的意志，一一銘記了衰敗、貪欲與忍耐的痕跡。我時時雙肩僵硬發疼，雙眼乾澀，身體裡發出螺絲鬆脫了似的咯咯咯的聲音。我突然發現身體有比美不美，比道德更重要的訊息要訴說。

身體不再沉默，於是我彷彿多了一位朋友，時時刻刻得關心、觀察它，隨時注意它的變化，怕它冷怕它熱，注意它對什麼過敏，隨時聆聽它要告訴我什麼祕密的訊息。雖然身體勤於表達，我卻往往無能解讀，以致常常會錯意表錯情。比如，在剪趾甲時不小心在腳趾頭留下一個小傷口，心想傷口自然會好，向來也都是如此的。不意三兩天之後，竟是自己開了一扇門，讓病菌歡欣鼓舞大舉入侵，在腳踝處立國，建立了蜂窩性組織的地盤，殖民的侵略毫不客氣，痛死我了。

身體，想像不曾觸及，思考不能度量的領域裡，原來處處充滿奧祕與驚奇，面對它就像走進一片陌生的莽林。人體裡有一股神祕的力量在運行，我渾然不知體內天天在進行什麼樣的革命或破壞，直到它發出警訊。有一天腳忽然腫了，醫生說是缺鉀。怎麼辦呢？多吃點橘子香蕉補充一下就好。奇怪，人體需要鉀鈉鋅鎂類黃酮維他命ABCDE來運作什麼事情呢？身體與我最親密，卻是最陌生的結構，宛如宇宙，我不知其深。

而這肉身卻深藏記憶著所有的愉悅，焦慮，恐懼，疼痛。當先進的醫療儀器也無法探照出它不願顯露的祕密時，我去看中醫。醫生反覆按著我左右手的脈搏許久，脈搏細細密密傾訴我的過失，醫生有時抬眼看看我的臉，久久也不言語。後來只說：看看你的舌頭。我扮鬼臉似地盡量把舌頭伸長一點，醫生像接獲了來自異世界的幽微求救訊息，低頭記錄在病歷表上。然後，他說：先吃一禮拜的藥調理調理。那，那，那我到底是怎樣了？嗯，氣血不通、循環不良、脾溼、寒氣太重，要多做運動（啊，莫非我體內有了一片沼澤地）。

運動，哎，那正是生活中最缺乏的了。不知究竟是什麼在我體內騷擾不安，那片沼澤地似乎充滿了危機，膽囊也不知在什麼狀況下結石了，這是個隱喻嗎？我將會像長出珍珠的珠蚌嗎？但我不喜歡像松鼠一樣在跑步機上跑步，也不容易找到人一起打球，因此我選擇可以獨自完成且靜美的太極拳。

太極拳打了多年，比如其中「擠」這個動作，看似單一靜態的動作，原本應把意念集中在身體的動作上，腦海裡念頭卻仍像綠豆發芽一樣，不斷不斷湧動起來。

「踩住湧泉。腳底往外蹦。」

瘦哪，我幹嘛在這裡受苦啊，時間一秒一秒慢慢走。哎，我簡直像一隻動物一樣忍受痛苦……

「呼吸——細，長，靜，慢。」

不知道妹在家做些什麼，吃飯了沒？她爸回家了沒？

「把心放在丹田。尾閭中正。」

老闆再提起這個案子，企劃書擱在他那裡多久了也不想想，我的時間也很寶貴的好不好……

「肩肘腕放鬆。」

哎呀，糟糕，信用卡帳單過期了，又忘了……

「感覺氣在體內的流動。」

氣，太玄了，而我太遲鈍。我從不曾感覺氣如何在體內運行，我只會生氣。

「全身放鬆。虛實分清。」

我不知鬆為何物久矣，唉。如果樂透彩中五千萬的話，我得好好想想如何分配這些錢才好。

念頭總是如此這般參差競生，劇情自編自導自演，最終都只是未完稿擱淺在腦海岸邊。隨著老師的口令，我一招一式緩慢而艱苦打著太極拳，慢慢學著把心思收束在舉手投足，動作之緩之慢，去感覺身體之痠之痛，承受身體的痠痛，從來不知道身體可以痠到這種地步，比未熟青芒果的酸苦更蝕骨。我體會著，看自己可以承受多久，可以承受到什麼程度。我要強壯。

如果我的肉身可以，那麼我軟弱的心靈和意志是不是同樣可以承擔，以何種姿態承擔生活中的困頓和憂傷。然而，放慢呼吸，放鬆身體竟是如此艱難。打太極拳真不是一件容易的事，完全不是之前誤以為的公園裡老人的雲淡風輕，自己去做了才知卻是體力與內心最大限度的承擔與忍耐。我站在一班人的最後，從後面看眾人的軀體四肢，竟如冬樹落葉之後紛雜歧出的枝柯，掛著滿滿的掙扎和疲倦。老師養盆栽一般一次又一次輕輕一撥一扳，肢體樣態才逐漸稍稍端美起來。大家隨著無伴奏大提琴的旋律緩緩運動，架勢開展如白鶴亮翅，斜飛而出的燕子，端凝彎弓射虎，我緩慢地轉身，打出既艱澀又安靜的招式。

一如在艱澀又安靜的拳架中學會了隱忍，隱忍著酸楚與苦或者痛。但是，一直，我都沒有學會放鬆。放鬆與緊張一樣抽象，卻具體呈現在身體上。別人的一個眼神，一句話都有重量，幾毫克幾毫克堆疊壓在心頭肩上，我負擔，重得像揹著流言。

曾經在練完太極拳之後極為短暫的一時半刻，我感覺到無罣礙的通體舒暢，像在久未謀面的春天清晨風吹動窗帘拂過剛睡醒的身體，輕快像麻雀踩踏在沾著露水的草地上。在那麼極為珍稀的片刻輕省，忘記了肉體的沉重，我記起年幼時沒有負擔躍躍欲跳的輕鬆，雖然心中那個害羞的小女孩依舊有些靦腆。

再一次轉身，我開始學著聳一聳肩頭，慢慢放鬆，從心上，肩頭放掉負擔，像抖掉灰塵一樣。關於身體的疑問，我現在才開始舉手發問。

蜻蜓

屋前有一方養了金魚的小水池，潺潺水流中，常見蜻蜓上下飛翔或停駐半空或輕點水面，原來雌蟲以點水的方式產卵，雄蟲則在附近騰空守護。

常常我在努力工作，靈思不來，卻有蜻蜓誤闖進屋裡。我抬起使用過度而腫脹發熱的眼睛，冷淡看牠。外面天氣炎熱，從窗子看出去，一棵檳榔樹呆立著，更矮處各色綠葉閃爍著陽光也懶得動了。又將是一個熱得連鳥都飛不起來的天氣，蜻蜓可以飛多遠飛多高？牠因何闖入？

牠在這房間裡悠然飛巡，撲翅的聲音清晰可聞，牠或許好奇一個巨大的人類，皺眉枯坐在桌前做什麼呢？牠又彷彿在探索，想要發現什麼，牠像在享受著冒險的樂趣，卻又四處碰壁。有時牠在半空中停住，雙翅輕微鼓動著不前不進不上不下，莊重嚴肅彷彿在思索偵測出口。有時牠撞上日光燈，撲騰間發出強烈的彳彳響聲。強撞了幾次之後，或許察覺了努力撲騰的徒勞，牠轉而衝向玻璃窗，翅膀不斷打在窗玻璃上頗有力道，像在發怒也像在求助。

蜻蜓的翅膀精巧有力，牠已經盡力做了所有能做的努力，或許牠和我一樣也會在陌生地方失去方向感，或者牠背負著某種使命正要回去報信。於是我站起來，用扇子引導牠飛行的方向，有時手快，一下就捏住牠的翅膀，送出戶外，牠馬上凌空而去。有時，蜻蜓並不歡迎我介入牠的飛行，彷彿堅持著自己充分自由的選擇似的，熱烈而自足地愈飛愈高，這時候也只好由牠去了。

一日，我進到工作室，開窗時便發現一隻蜻蜓僵直而完整地伏在窗檯上。約五公分長，褐色複眼，褐黑色腹背，腹部有黃色細斑，翅膀透明。牠是因力竭而死，還是餓死的？孤單單地死去的蜻蜓仍維持著美好的姿態，就像停在水面上一般輕巧安靜。我將這個美麗的昆蟲標本擺在窗檯上，陽光斜照窗口，靈思偶爾來，常常還是不來。無數個孤單的白日，抬頭眺望窗外，窗檯上這個生命的遺跡，清潔而且美麗，裝飾著我貧瘠的視野。

然而，在我熄燈離開之後，這屋子裡顯然還有一些活動繼續在進行。不幾日，蜻蜓的尾部至腹部一半被不知名的蟲子所蠶食，殘存的腹部和胸部內完全淨空，只剩空殼和完整的翅翼。這帶有殘破美感的半具蟲身觸動了我，彷彿其中隱藏著某種神祕，如此靜穆，寂寥。我仍將牠擺在窗檯上，有時走過帶起一陣流動的空氣，便足以把牠吹落地上。我想像著蜻蜓的生命，以人類的眼光來看，簡單的生命，簡單的一生，在初夏之日點綴著原野，牽引鄉野孩童的目光，輕盈的身影傳出一絲微微的歡呼，那聲音就像一個苦思者寫出一個美好句子時發出的讚嘆聲。

也不知道為什麼，我總不想丟棄牠。牠與我度過幾日晨昏，那渺小脆弱的蟲體，曾經那麼努力飛行，探索，繁殖，最後仍激勵著我的思緒。雖已破殘，牠仍優雅體面地伏在檯面上，如一首待解的詩。

輯二

就是要活

午間狩獵

中午，吃過便當之後肚飽眼皮鬆的狀態，你想像自己像是草原烈陽下昏昏欲睡蹣跚的老虎，或者是南台灣一頭蜷臥在泥水洼裡瞇著眼的水牛。為了不讓自己被睡意擄去，你決定下樓去。

沿著南昌公園走下去，到牯嶺街右轉往前走，在幾家汽機車修理廠中間還殘存著幾家舊書店。

如果眼睛太累了，你會過門不入。再往前走，走過兩處日式老宅的圍牆，再往前右邊是台電輸變電工程處，左邊是經濟部商業司。這一小段路走起來竟有小鎮風光，尤其盛暑的午后，蟬鳴唧唧，榕樹蔭涼森森，路上幾乎沒有行人，忽有一輛公車轟轟駛過去，獅子吼一般把你從宛如夢遊的昏昏然中驚醒過來。福州路口商業司的圍牆邊新種的一棵苦楝樹，與老宅四周掛滿樹鬚的老榕樹比起來，宛如清新的少女伸展手腳一般開展枝椏。你喜歡走這一段路，為辛勞的眼睛獵取一些些葉綠素。

如果眼睛不太累，你會轉進去專賣中國圖書的「新化」，看看新近有無有趣的書。幾次你無意間找到了汪曾祺的《晚翠文談新編》、波蘭米沃什的《米沃什詞典》，葡萄牙詩人佩索阿的《惶然錄》，都是這些年來獵得的野味，一時吃不完，便風乾醃起來，時時取來讀一頁二頁，為平淡的日常加菜。這一段路，彷彿讓你從電腦時代退回狩獵時代，親臨其地，動手翻找，眼到，心到，張開在辦公室奄奄一息的嗅覺，擦亮蒙了灰塵的眼鏡，才能在一落落的紙堆中狩獵，而被冷氣閹割的野性也正逐漸甦醒過來。一次，遇見某報主編如餓犬翻尋食物一般蹲在書堆前，專心一意尋找獵物，想到他多次在你們面前如狐狸一般讚美你們的出版品，一轉頭卻又像刺蝟一樣守著他的版面，這時候望著他毫無防衛的背，你真想一腳把他給踹下去。

再繼續往前走，夾在一片停車場與小吃店之間，還有一家鐵皮搭建的舊書店。非常小非常舊，店主也很老，常常你兩三步就錯過了。店門口只懸了一個也很灰舊的木框寫著隸書體的「舊書」。聽說店招被風吹掉了，老先生覺得這「舊書」兩字也就夠了。這個店家是傍著鄰家的牆面搭建的長條形空間，彷彿一個深長而神祕的洞窟吸引著獵人們的腳步。兩側從屋頂到地板塞了滿滿的書。都是舊書，骨質疏鬆似的老態挨擠在一起，它們的書封脫落了，書名常常看不見，有一部分已經舊得發黃發黑，封面是用牛皮紙以毛筆字重新寫上三國志考證、明清史事筆記等等，還有沾滿灰塵的文星叢刊、人人文庫和今日世界出版社的舊書。

在店主寶座斜前方還有一道木梯可上小閣樓，閣樓裡橫豎堆滿了也是發黃發黑的史籍圖書。獵人們不斷在這裡馳騁於歷史的獵場，拭去時間地圖上的灰塵，在熾熱中蹲下來吸吸鼻子，擦去額頭上的汗，這裡頭翻滾的可是深不可測的書海巨浪。

狩獵的樂趣，就在於你知道可能會有什麼，但又不確知會是什麼，這種不知道會遇上什麼的心情，勾引獵人一趟又一趟來搜尋獵物。因為某種緣故，你忽然想找《布紐爾自傳》，後來才知道這書已經絕版了。絕版書，就像瀕臨絕種的動物，更顯得稀奇且珍貴，惹得獵人更想要擁有它。終於你在這一面書牆上與它不期而遇，心頭微微顫抖地叫了一聲：嘿，你在這裡！毫不遲疑立刻援弓上箭，一箭中的。你興奮地把它從書牆中強拉出來，惹得灰塵也紛紛起舞，獵人連打幾個噴嚏來歡迎它，幸好舊書不像其他獵物會被嚇跑。

出了獵場，踅進南昌路一段一〇八巷，巷子裡有兩家青菜攤，向菜販買兩把青菜拎回辦公室。帶著獵物和青菜，這一趟又一趟的狩獵行，形而上與形而下俱足，豈不快哉。

就是要活

搬來有中央空調的辦公大樓，大家的座位是一個蘿蔔一個坑。逼仄制式的空間裡，一時間人人忙於植花弄草，在彼此的隔板上，電話機旁硬擠出一個茶杯大小的方寸之地擺上一盆盆植物。大家常常因為冷氣太強，或者通風不良而頭痛、感冒；角落裡，隔板上，各人桌上的鳳尾蕨合果芋常春藤秋海棠黃金葛長壽花白網紋草石蓮，不僅僅吸收了大家的怒氣火氣怨氣，還要消化種種的病氣。

因此，養在冷氣房的小植物懨懨然卻有了一種無所事事的美好，我常對它們說：哎，當一棵植物賽過做一個沒空停下來好好喝杯水的人類耶。植物慵懶笑笑，歪斜著和我一起懷想在老公寓的日子。那時候，有自然風自窗口溜進來在我們髮間嬉戲，下午太陽的斜光會探進來打招呼，黃昏時下班的心情是窗外吱吱周旋上下亂撞的蝙蝠。而每一盆植栽都是一個精心培養的遠方，具體而微的遠方，苦悶的象徵，我與花草互相凝視一起神遊，去一個沒有數字業績壓力和老闆臉色的曠野。

在玻璃帷幕的大樓裡，老闆對數字、業績的成長要求比我們所在的樓層更高，比電梯爬升的速度更快，大家的面色也因而更加鐵青。常常，有人工作不愉快時，用力甩上抽屜，震得桌上、隔板上的小植物枝葉顫顫抖抖，顯得清白無辜，如一顆默默傷痛的心。在默默傷痛的氛圍中，人和植物的日子一樣苦澀，每一盆植物都承載包容了主人不同的心情，深淺不一。萎謝的葉片是主人的愁容，僵硬枯竭的根莖則是再也絞不出創意點子的腦筋。

然而打了結的腦筋，面對青蔥的植物並不荒蕪。有人細心培植、分枝的白色聖誕如祕密結社的暗語，流轉在某些桌子上。也像彼此交換食譜，交流家事小撇步一樣，同事們互贈心愛的小盆植栽，做為姐妹淘的信物。而我曾經莫名鍾情於鐵線蕨，鐵線蕨嬌貴，養一盆死一盆。我不服氣，越是不好養就越要養，姐妹們怪我只有蠻勇沒有方法，凡物須識其性，方得其情。每見它冒出問號似的新芽，我必湧起絲絲不勝惶恐的快樂，但它似乎不能明白何以我如此殷殷期盼，驕矜地自顧自卷曲著鮮猛的綠。也許鐵線蕨不耐辦公室裡的塵埃，也許是撐不住過多關注的目光，結果我依然不明不白地敗給了它。再經過花店時，看見青翠多姿的鐵線蕨，禁不住拿起來端詳一番，又輕輕放下，彷彿告別一段戀情，我再也不願意忍受枯槁枝節的折磨。

也有人興起買來小魚缸，養起小金魚並佈置了水草，水草隨水流款款擺動，一時彷如沙漠中的綠洲，溫潤了一雙雙脆弱而疲勞的眼睛。晚間最後離開辦公室時關了燈，隱去雜亂的書堆公文的背景，那一方螢光的小世界猶如保羅．克利的畫作〈金魚〉，幽幽自巨大且濃重的闇暗中生出一種鬼魅的美麗。魚不眠？猶如花之不眠？魚與花草是如何度過這漫漫黑夜的呢？如果說水草是水流的塑像，小金魚就是夜光的姿態了，一閃一爍間擺動著一個個我的疑問。

在我的身邊有一棵養了多年隨我們搬了多處辦公室的馬拉巴栗樹，已有半樓高，老老實實綠著它的綠，很盡本分地時時抽長新葉。它每天與我分享一杯烏龍茶，我坐在樹下便有乘涼的感覺，讓心靈從繁瑣的工作中盪開片刻，這片刻是樹下偶然撿得的悠閒。然而這種小確幸，在普遍辛苦的辦公室裡卻是要遭忌的，於是驚險的流言與猜疑的眼神在馬拉巴栗樹上結巢，此後我工作，午休，下班，比樹更安靜。

在安靜的四月，同事壯年猝死，猶如鮮麗的木棉花烈士般自樹梢落地，訃聞是一記午後的驚雷，以生死迅疾無常警告大家。他的水韭、腎蕨和龍葵孤兒似地愣愣排站在窗台上，看著大家靜靜移動，壓低了嗓音說話，孤兒們就更加不知何去何從了。初夏時從窗口眺望樓下公園，木棉綠葉已然蓊鬱，隨風翻飛的棉絮是道別的白手帕，在低空迴旋久久難以離去。

離去的同事座位背後，刷白粉牆前的書架最上層，擺著三個高低的透明玻璃花瓶，花瓶裡插著乾燥了的白色花樹，灰灰的影子映在牆上。斜欹而出的枯枝顯得蕭索，花瓶上折射出深深淺淺的綠，曖曖內含光，涵容了生命中的美麗、枯淡與凋敗，如果連一枝乾燥了的花樹都這麼美，那，人該如何？

漸漸地，後陽台上開始堆放著歪倒的空花盆，一個個猶如張口呼吸的大嘴，吸收眾人休息時在此吞吐的煙霧與心事，那空洞也是工作者被榨乾而枯瘦的心，在職場的拚搏中逐漸失落了重要東西的面龐。我凝望著被遺棄的空花盆，彷彿看到了熟悉的身影。

又過了一段時間，辦公室裡還能看得見的植物就剩下黃金葛了。只要有一點點水分，一點點光線，黃金葛就能活下去，冷氣再強，再怎麼被忽視，一點也不妨礙它展現生機。在不起眼的角落，廁所的鏡台上總有瓶子插著一二莖黃金葛，三兩片綠點綴著冷硬的空間。它長得慢，雖不像在陽光下輕易就漾開去，但是忽然一日你會看到它伸出鈍鈍的氣根，卷出一片清新的嫩葉，一副認命不服輸的神情，就像中年人稀微的絕望與打死不退的頑強，就是要活下去。

陽台以上的天空

我曾經擁有一方陽台。

位在五樓公寓頂樓上的陽台，約四坪大小的空間，頗符合我孤僻的尺寸。這是一個樸素的地方，一種新貧的素樸，除了種植的花樹，一個曬衣架，三支竹竿，兩個水桶，三雙拖鞋，再無其他。

每日清晨，送走上學的女兒，就上陽台灑掃澆水，以喚醒一身還在夢境徘徊的慵懶筋骨。清水與盆栽裡的泥土相交融，水輕輕為泥土搔搔癢，一盆盆草木漫出陣陣泥土氣息。

上班之前再有些時間，就做做太極拳，讓四肢緩緩切過空氣，汗毛風吹草低一般伏在皮膚上，氣血在如封似閉的軀體內周流。有一回做「擠」，上半身有幾分鐘維持不動，一隻白頭翁飛來停在圍牆上，擺頭晃腦地吱吱叫了好一會兒，似乎把我當成稻草人了。

平常的假日裡，沒有地震，沒有颱風；沒有銀行帳單，沒有電話，沒有E-mail。日影在地上一寸一寸移步，人閒花自落。靜靜地在陽台上，我沒有思想什麼，也不冀求什麼，不忙著做什麼，寂寂寥寥沒個事，就像玫瑰花葉上的毛蟲一樣單純地活動著。風不知道從那個方向吹來，我確切地感覺到天地之間有一種無以名狀的愛籠罩全身。

有陽光的星期日，將床單、衣物洗好在陽台上晾滿三支衣竿，我像農人巡視水田一般，看著衣物在微風中盪出陽光的氣味，油然感到勞動後純粹的滿足愉悅，就像遍地飽滿金黃的稻穗彎彎垂在心底。午后，突來一片烏雲，趁人不備之時，嘩啦啦下起大雨。我從午休的床上驚起，曬在陽台上的床單已經印上點點滴滴的雨漬。一陣忙亂之後，抬頭看到對面公寓頂樓晾在欄杆上沒有人收拾的床單，已如被人丟棄的溼抹布，而旁人也無能為力。人生大抵也是如此，總有這樣猝不及防的驟雨，以及伸不出去的援手。

在這陽台上植物共處一地而不互相推擠，四月含笑花，五月梔子花，六月茉莉花，到了初秋是野薑花，飄動的香氣，好似女子走過深宅大院的腳步聲，幽幽地顯得陽台的深。九月裡，有如單調生活中的節慶一般，鳳凰樹梢還零星開著艷紅的花，一窩綠繡眼如野孩子般在枝葉間隨風擺動翻跳，婉囀著小曲，牠們才不理水塔上大卷尾霸道的吆喝。更遠的山邊烏鴉「啊！啊！」的叫聲，撕破黃昏金黃的薄紗，像在尋找迷路的孩子。

當晨風吹動玫瑰花枝時，我總會想起小川未明的反戰童話《野玫瑰》，前些年努力學日文，讀到了這一課。大小兩國國境上有一株盛開的野玫瑰，守衛國界石碑的兩國老少衛兵，因為寂寞而成為好友。後來，戰爭爆發了，青年出發去打仗，只有玫瑰花與蜜蜂陪著老兵。一天，老兵坐在石碑的石椿上睡著了，看見青年領著一支軍隊走過來。軍隊經過老兵面前時，青年行默禮，嗅了嗅野玫瑰。老兵想說些什麼時，醒了過來，竟是一場夢啊！不久之後，野玫瑰枯萎了。……

玫瑰花枯萎了，花心爬滿螞蟻，凋謝的花瓣是美的廢墟。都說戰爭在遠方，動盪的夜，大大小小的戰爭竟在心裡爆發。多少的家庭噪音，無邊無際的噪音，就像螞蟻爬進耳朵裡，讓人對之無可如何，卻聲聲中的電擊你即將崩潰的神經。於是，逃命的困獸一樣的我只能倉惶避難於頂樓上的這方陽台。星子因為孤寂，人因為悲傷，在陽台上相遇了，於是問：這個人是誰呢？疲累的形容看起來如同一片榨乾的甘蔗渣那樣無足輕重。我所做的一切，所感的一切，比這個人或那個人都微不足道。家庭生活的種種，彷如在抽屜深處發現的一枚贗幣，既粗俗又庸常。然而周圍的一切不管喜愛或厭惡，卻也都是我的一部分，佔滿了生活的每個角落。

曾經，我安適於客廳裡電視傳出來種種的聲響、家人聊電話的聲音，這些煙火蓬蓬的世俗聲音，給人現世安好的平穩感。有了孩子之後，我也極喜愛工筆畫中「花開富貴」、「瓜瓞綿綿」甚至兒孫圍坐雞犬忙的意象，我承襲了傳統倫理的思想、農家的教養同時又浸泡在現代教育裡，種種意識形塑了我的生活，卻使我既不能向右靠攏，也不得向左轉，凡事不能徹底。但我終究不能滿足於坐在客廳裡陪老人家看八點檔連續劇、讀晚報研究股票行情，空暇用來替先生熨燙襯衫。

在微冷夜裡的陽台上，我像爬在牆角邊上的蝸牛一樣踽踽漫踱。月光洗過陽台，也洗過我一日日的疲累、忿怒與歡愁。於是我提筆寫作，寫作的欲望，還有未完成的篇章，常常就像陽台上盆栽裡剛冒出來的綠芽新葉，有時被毛蟲啃蝕精光，剩下傷痕累累的莖葉垂掛著，不然也有烈日的曝曬和風雨的摧殘而奄奄一息尚存。

有時我想寫作於我，是不是徒勞的事？寫作總是困難的，我也不知道自己在這條路上可以走得多遠。我有夢想，樓下賣油飯的太太也有夢想。我鎮日在電腦與桌面上來往奔忙，僅有的餘暇也用來嘗試寫作，琢磨著自己的可能；她則蹲在水槽旁清洗豬耳朵，彎腰拌油飯，在市場吆喝做生意。誰更有力量去實現夢想呢？我在陽台上可以呼吸到她的滷肉味和飯香，然而人們可以從我的文字得到共鳴嗎？

雨後的秋夜，暗中的陽台上浮動著桂花香，三五小星斜在天邊。不遠處亮著燈飾的摩天高樓，時有幾朵雲飄過，像極了童話故事裡舉行舞會的城堡，遙不可及。我觀望著高樓裡人家窗子透出的點點燈光，如果沒有一盞燈亮著，一扇窗就像一個黑洞；每一扇窗都有一則故事，沒有亮著燈光的窗，一個家要如何存在？如果沒有了一個家，我又要如何存在？當我為怨怒遮蔽心眼時，我在花香中思索，我知道，我的父母，我的兄弟，我的丈夫，我的女兒，他們在意，於是我就是重要的人了。

偶然的機會裡乘坐友人的車子從北二高回家，高速公路上我忽然像呆子一樣驚呼，好大的天空啊！天空，是古詩詞裡的天空，也是屏東平原的天空，完整而湛藍，神的護翼一樣環繞著我們。當我們習慣於都會的天空被切割如萬花筒的鏡片，習慣於匍匐在水泥方盒裡工作如蟻，習慣於搭乘捷運在地下潛行如鼠，最後，我們在家庭裡如何能夠為了爭取置物的空間，又將房子的呼吸管道——陽台，圍起鐵條、塑膠片讓自己如貓如狗再被囚禁一次呢？

就像喜悅於假日裡洗床單曬在陽台上，讓被單上有陽光曝曬過的爽脆味道，留待陰雨的冬日來煨暖體溫；在廚房做料理，讓女兒吃飽飯時歡呼幸福美滿的一天；我更因有一個小角落，可以不受攪擾地讀書、寫字，或者發發呆，可以伸展手腳張大嘴巴打哈欠的地方而歡喜。我並不奢求擁有屬於自己的房間，但是我同樣需要可以自在呼吸、放鬆的空間，就像玫瑰花要生長在野地裡，有四季的日照、風動的空氣，和一片可以仰望的天空。

終究，我還是因為現實的緣故，因搬家而失去了這方陽台。即使現在，只能趴在睡床上寫這篇文字，我仍然堅持一方只容迴身的小小陽台，不架起塑膠板、鐵窗，擺上二、三盆玫瑰花，清晨，讓鳥雀來呼醒。

不在猶在

當初我們決定從醫院帶你回家，是希望在家裡可以放南管、日本演歌給你聽，還有大家的談話聲、小其的練琴聲，和婆婆看連續劇講電話的聲音，或許可以刺激你的知覺喚回記憶。大家在絕望中仍然期待著你再醒來的奇蹟出現，像鴕鳥一般。

或許你不曾知道自己是因心肌梗塞而引發腦中風的吧。生存與死亡在你身體內的某處對決，與病魔交手，你是節節敗退，一步一步撤退到最不堪的境地。原本一雙會篆刻、做金工，寫得一手好字豐腴的手，如今萎縮得像乾癟的佛手柑，四肢僵硬如廢鐵一樣桀驁不馴。被單底下枯瘦的身體，還承載著你的心靈嗎？如果真有靈魂，看見這一身任由別人擺弄的皮囊，你會不會掩面而去？因為氣切的關係，你喉嚨間時時因積痰而發出咕嚕咕嚕的聲響，抽痰的時候，因為痛，身子蜷縮如弓，白蠟般的臉色瞬間脹紅，圓睜著玻璃珠似的眼睛，喉間彷如動物自痛苦最深處發出的呻吟，這種讓旁人也不忍正視的醫療手段，承受這種肉體上的痛苦，對你而言是什麼意義呢？

每日清晨，Pina為你拍背，啪啦啪啦，間雜著你驚動天地般的咳嗽聲撕開了夜與日，也撕毀了人們的清夢。曾有鄰居來按門鈴，質問我們在做什麼，吵鬧他們睡眠。我們在門前對來人行禮道歉，Pina在門後吐舌頭扮鬼臉。Pina照顧你，白天也只有她和婆婆作伴聊天。婆婆在陽台收衣服、曬衣服，Pina在房裡為你按摩手腳，兩人隔窗聊著Pina在印尼的媽媽、阿姨、先生小孩，婆婆對Pina的家人已經熟悉得像遠方的親戚一樣。你十幾歲時隨軍隊來台，在台灣沒有親戚朋友，婆婆叨念著她的兄弟姐妹，有誰來探視，誰沒來過，久病門前稀，這些事想必你也能釋懷的。

小其已經上國中，也長高了。從醫院領回大袋大袋的藥，每星期小其把它們當糖果一般分配在藥盒裡，婆婆感慨地說：「才不多久之前，阿公每天帶妳上學放學，現在妳都可以幫阿公分配藥了。」是啊，那些年，老翁攜幼孫行走巷道裡，痛癢相關，可能是你晚年生活的一點寬慰，如果可以，我想你寧願再早晚接送她上下學，甘為孺子牛吧。記得曾有幾個夜晚，在陽台上你教我們辨識天上的星座，尋找北斗七星、牛郎織女星。對天文饒有興致的小其，一日忽然說起她對黑洞的無知就像對死亡的無知一樣。看著纏綿病榻不再言語、不再有眼神的阿公，小其也感受到生命無常宛如黑洞不可解的謎吧。

病床上的你與我們的距離彷彿在幾百萬光年之外，鋼鐵般的睡眠，沉重而堅固地拒絕我們的呼喚，似乎再也不願醒來。疾病與衰老蠶食你的身體，你的生命一點一點地被死亡收攝回去。日常，我們學英文日文、學電腦，但從來沒有學習死亡，我們對死亡只有恐懼，缺乏想像，對它一無所知。所以藉著醫學的維生系統，阻撓身體的自然反應，用恐懼和治療把死亡團團圍住，勉強留住肉身，延長你呼吸的時間，這是給家屬的一種安慰，還是讓你繼續痛苦呢？

最初，大家無論如何無法接受原本活跳跳的一個人，在醫院一夜之間，竟完全繳械倒下，沒有任何交代。如果還意識清楚，一向自尊自重的你，如何願意像一棵植物般躺臥在床任人翻拍按捏呢？如果還有意志你會如何選擇呢？而你願意的方式會是怎樣的呢？因為畏懼，平時我們從來也不去碰觸這個禁忌話題，而每個人都以為自己會長命百歲。以你的身體狀況而言，我們也以為你可以長命百歲。況且，你對世間仍然充滿好奇，期待著幽浮降臨地球，想要看看外星人長什麼樣子；每天剪報收集各種奇談異聞；希望撰寫的稿子能夠獲得文建會的補助出版；要等士林的房子蓋好，你這輩子還沒有住過新房子呢；還有抽屜裡的玉石、玻璃櫃裡的骨董，熠熠洋溢著你的生之欲。

在你第二次發高燒緊急送醫的夜裡，賢清說他夢見你如平常的樣子，走到他的身邊說：「這樣夠了，已經可以了。」在醫院住了一個多月，狀況平穩之後就出院回家。小姑四處去求神問卜，但是連神明也無法給出一個答案。朋友知道你的情形，有人建議為你持佛號；有人建議以你之名去放生，如果你知道了必然要斥之無稽；也有人問你是否有什麼心願未了，所以不願離開。細細回想，有時夜裡，你獨坐在陽台上昂著頭抽菸，望著無邊無際的夜空，常常坐了許久。有時我不免揣測，在長年壓抑的生活中，你必然也有一些心事的吧？或者，你是否想著數十年未再見面的子女？或許你在等著他們？還是掛念著要去越南尋你父親的墳？雖然這些事情我並不完全了解，但我試著理解你的處境，人或許不是怕死，而怕人生中有未完成。

都說生老病死是人間的常態，卻要真正面臨時才知道這是多麼艱難的課題，你並非孤單地面對死亡。面對你的死亡，我們學習生活。這三四年來，我們共同在參這門功課。實在地說，看著你的病體，我們都希望你能夠早日解脫而去。

就在那一天，毫無預警地，就像牆上的掛鐘忽然停擺一般，你停止了呼吸。那一天下午，看護發出一聲尖叫，因著這一聲叫喊，瞬間拉開了生活的另一面簾幕。你沒有了聲息，我因不知所措而心臟怦怦狂跳，耳際恍若響起嗩吶的狂喧。這麼近距離看見死亡的顏色，你的嘴巴彷如遇見死神而驚訝得合不起來。我抖著手為你闔上雙眼，在我把你的雙眼闔上的同時，這三四年來你肉體上的苦痛、八十二年的人生，在那一瞬間靜靜地結束了。不久，葬儀社的人來了，他們迅速在客廳佈置起靈堂，並用塑膠帆布將你的大體包裹起來，像包裝一件家具，抬起來，坐電梯，放入廂型車，帶走了。

原本頹然的家庭氣氛，頓時為了送你遠行而緊張活絡起來。一連串的儀式，鮮花、誦經、輓聯、告別式。那麼你呢，你已經不在了，而這裡所有的一切卻都因你而存在，但毫無你的意志，沒有半點你的主張，這可是你的葬禮呢。火化場來來去去一隊一隊送葬的人馬，雜鬧一如菜市場，就連火化之後進塔的儀式都顯得那麼不真實，宛然一場趕著進行的戲目。

你離開了嗎？你已經不在家裡了，又好像在。屬於你的物件沒有人去移動，吃飯時，在賢清身上我可以看到與你相似的飲食習慣，談話間小其提到阿公以前帶她去過這裡那裡，婆婆會說較早你們爸爸這樣那樣……你彷彿穿越死亡，無形地和我們生活在一起。無論如何，我們終將適應沒有你在的生活，時光不稍停留繼續前進。日後，我們要以什麼方式記得你呢？

尋找一種身姿

我是不是病了？

我不想說話，不想微笑，不想按時做飯吃飯，我只要一個人。完完全全一個人，你懂嗎？一種連先生小孩都不來干擾的單獨與安靜。

我想就坐著，或者發呆，或者看花，或者什麼也不做，完全只屬於自己的時間空間。一種自由。你懂嗎？我不是古怪，那完全是心靈的和生理上的需求，就像植物需要陽光和雨水一樣。正因為你不明白，所以我用「病」這樣通俗的字彙，好比沒有水分的花朵會枯萎一樣。

我已婚，有一女。在出版社工作。十年來，我像農地裡的水牛一樣地工作，有時候我不知道自己是為誰工作、為何工作，每個月的薪水，直接在銀行裡自動轉帳付房貸、保險費，所剩就無幾了。就是這樣一月又一月，一年又一年，陀螺一般每天每天不停不停打轉的平常。人也就這樣老去了。

一天，女兒興奮地翻開帶回來的校刊，讀著刊登出來的作文〈八里撿貝殼記〉：「……媽媽笑著說：『妳撿到一個蝸牛殼了！』這真是一個難忘的撿貝殼記……」小女孩不掩得意呵呵笑著；忽然我感覺一陣心慌，也有一絲絲的不快。

第一次，我不再能理所當然將這個「媽媽」和自己接連起來。腦海裡浮現百千萬個矮肥矮肥、頂著一頭捲髮提菜籃的婦女身影。她們是出現在兒童圖畫書裡圓敦敦身材滿臉慈愛的媽媽；是小孩口中「我親愛的媽媽」，但是你無法描述她們的面目。她們沒有特色，沒有性格，只是一種慈母的典型。就像黃昏時候在每個站牌看到的多數有家庭的職業婦女一樣，腳步凌亂，神色匆匆，趕著上車下車，除了皮包還帶著一塑膠袋的菜蔬魚肉，身上的服裝大多是二、三年前流行的式樣，身材也不再窈窕，蠟黃的臉上浮著幾許斑點，雙眼無神而憂傷，如乾枯的井，浮泛無限的疲勞。

我感覺到自己也變成那樣的「媽媽」了，這種感覺很令人恐慌，恐慌生命的庸俗，害怕時間無端的流逝。我不要，我不要隱身在某種形象之中。

回想十年的婚姻生活，如看中天殘月，說悲傷則太過，言歡喜又不及。生活是月之陰晴圓缺，海水之潮來潮往，歲月之春夏秋冬，其中的快樂與痛苦正如玫瑰花也帶著棘刺一般。

就像我們身邊緘默於傳統婚姻的女人，我總是習慣於緘默。曾經，我那麼肯定三代同堂的生活方式，一廂情願地相信在三代聯繫的軸線中，才有自己的生活位置和分量。然而《孔雀東南飛》的故事二千年來不斷地重演，人性的幽微也是千古不變的。事實一再搖撼否定我的信仰。不禁要問，這種視女人為無物的家庭制度何以維持到現今？傳統觀念裡一直把媳婦物化、奴隸化，行過婚禮之後，再怎麼受嬌寵的女兒，一夜之間便須「躍升」為一個不知疲累的勞動機器，沒有喜怒哀樂的情緒，又要人情世故練達。

男人感嘆丈母娘難伺候，那麼女人離開娘家與公婆姑叔生活的窘境和苦楚，才是長江大河源遠流長呢。和婆婆的相處讓我想起小時候，祖母老是當著我在他人面前數落母親的不是，使我充滿自卑的心情。如今自己在「傳統婦女美德」的藉口裡，失去為自己而活的勇氣和誠實，頂著「美德」的盾牌，卻將要扼殺了自己。

後來想明白了。一次回娘家，母親要我幫忙剪腳趾甲，我蹲下來端起母親長年踩在田地裡長滿厚繭的腳丫，堅硬變形的趾甲像砂礫堆的石塊，腳背隆起如土丘，洗不褪的污泥爬滿泛黃龜裂的腳底，我竟彷彿欣賞田隴縱橫的農地一樣，細細摩挲母親的雙腳。相反的，偶然看見公公坐在客廳地板上剪趾甲時，卻像是撞見衣冠不整的男子一般，感覺彼此都唐突而失禮。這之間的差異或許是問題癥結所在吧。

常常令我困惑的是：為什麼要和自己生命不相干的人生活在一起呢？我就像那湯鍋上的一滴油，如何也融不進湯裡，在眾人舀湯的勺子下四處竄逃。星期假日，小姑們回來作客，熱騰騰的一屋子，我似乎存在，又像不存在，這時候我更準確地看清楚自己的無足輕重。在廚房裡切菜、切水果也把對生活的理想、對人的善意一片片切碎了。

我憤懣不平，決意不讓其他人影響自己的生活。自誇張乏味的歡樂中抽身，走出家門才發現唯一熟悉的方向是辦公室，十年來的生活竟只是家庭與辦公室之間的移動。走過公園，噴泉無始無終滴流著；無人的小學校惹人心慌；街頭的紅男綠女，聲色犬馬，又與我何干？勉強自己去逛逛書店，聽了一場演講，為何心裡又一直記掛著家裡，更不情願承認的是家裡一切瑣細早已成為自己的一部分了。

我要的不過是自己支配自己的時間，決定自己的生活，不是將僅有的餘暇關在廚房裡洗洗切切。這個要求很困難嗎？我回頭來尋你，你卻像空氣一樣存在而無形。從前我們在詩詞文字中尋找愛情，在婚姻生活中是我願意捲起衣袖為你洗衣服，洗手為你做羹湯；你為我打拚奔波，一起吃食掙得的麵包；如今兩人的感情，僅夠彼此相怨，不足以彼此相愛。

這一條「娜娜」走過的路，還有多少女性正匍匐掙扎著前進？現在我走起來也彷彿踩在爛泥，一腳高一腳低，心裡不能踏實。猶如迷途的人，張惶地尋找出路，既然不甘心做一個沒有「面目」的媽媽，那麼又希望成為什麼樣的人呢？要過什麼樣的生活呢？祖母、母親在記憶中從來只有勞動的身影，在廚房炒菜煮飯；在豬圈呼雞喝鴨；在稻埕上揮汗；在水池邊洗衣；自己則是日日案牘勞形，抬起頭來雙眼要好久才能對焦。什麼樣的身姿是女人還可以創造的呢？

吳爾芙說：「女性若是想要寫作，一定要有錢和自己的房間。」我則認為：「女性若是想要成為一個完整的人，一定要有錢和自己的房間。」站在台北最熱鬧的十字路口，竟自有一股牽掛的焦灼和孤寂感。我想，要做自己，我夠堅強來承受這份焦灼和孤寂嗎？或者繼續妥協，壓抑自己，維持一彈即破的幸福？

回娘家

母親每次來電話問什麼時候回屏東，夏天我說：等天氣涼一點的時候吧。冬天我則說：等有放假啦。

台北到屏東距離不過三百多公里，回家一趟，即使搭飛機到了高雄，也得換公車火車客運車才能回到家。有時候想直接搭計程車，看到等在機場外身材黑粗肥大又滿嘴檳榔汁的計程車司機，只好乖乖搭公車到高雄火車站，坐火車到屏東再改搭客運車。光是這一趟路花費的時間，足夠你從台灣飛到日本東京在旅館裡安頓下來了。

大學時代回鄉，坐對號快車搖搖擺擺八小時，白天坐到黑夜，半夜坐到清晨，火車的速度等同太陽移動的速度，時間和空間的距離足夠你培養迫不及待的返鄉情緒。後來有國光號公車，台北到屏東五小時，但是動輒在高速公路塞上十幾個小時，讓你不得不認為這一趟回家的路是對離鄉背井的懲罰。尤其逢年過節，車站機場擁擠的人潮，你可以想像逃難大概就是像這樣子惶狂的吧。

再說到天氣，常常台北霪雨霏霏，屏東卻是艷日烈烈，一下車即感受到太陽的狂熱，長年豢養在冷氣房裡的身體，早已經不能適應故鄉的溫度了。夏天毒辣的高熱使得人倦乏鼻息如蒸，一時之間便暈暈然不辨方向。

村裡的道路上仍舊一無遮蔽，村人不興種樹，幾條路上光禿禿的一棵樹也沒有，日頭赤艷艷，什麼東西都曬得脆酥酥的。四處一片白光光，屋宇也曬呆了一般，連簷下的陰影也是明晃晃的，沒有隱密。一如小時候夏天上學的道路，中午回家吃飯，路上被太陽熱吻得軟化的柏油，踩踏過去小心鞋子要讓柏油緊緊黏住了。靜靜的日午，整個村子像一個煎熟的荷包蛋，凝固而且無聲。陽光是從天而降的千萬支利箭，射得路上返回學校的小學生個個竄逃似的趕路。村子裡不見其他人影，狗也躲在屋簷下張著嘴巴喘氣，鮮紅色的舌頭垂得老長，無賴地滴著口涎。隱約傳來電晶體收音機裡歐陽菲菲的〈熱情的沙漠〉——啊！我的熱情，好像一把火，燃燒了整個沙漠……，那歌聲裡的火與太陽的熱，直要把整個村子熔解似的。

正是這樣如焚如燬的熱，你才能夠深刻地真正地領略微風的涼和爽。七月火燒埔，如果你在農地耕作了幾小時，好不容易伸直了腰，走到有蔭影的地方，不知不覺中一陣陣極微極細的風從八方吹來，拂過你額頭上的汗珠，撫觸著臂肘上的汗毛。你遠眺大武山色，青山多嫵媚；近覷農作物，陽光在綠葉上閃閃發亮，這時候你才稍稍鬆口氣，停止怨嘆日頭荼毒種田艱苦。

六、七月午后的西北雨，是宇宙之間鬱積的燥熱爆發對土地加倍狂烈的撲打。當人們吃過午飯，瞇著眼腆著肚子昏昏欲睡之際，天上已掩上一層烏雲。說時遲，那時快，一記響雷劈天裂地打下來，人也醒了，拔腿趕去收拾晾曬的衣物、柴薪或者老祖母的豆豉，總也有幾趟路躲避不及，被打上幾顆錢幣大小的雨珠。最驚心動魄的是搶收曬在埕上的稻穀。黃澄澄的米穀這時也蒙上一層灰陰，人們奮力耙收，大掃把大筆大筆地橫掃，汗水和雨水同樣速度同樣大小滴落，連路過的人都要停下來幫忙的。待塑膠帆布蓋上的那一刻，才發現自己一身溼漉漉了。耳邊又響起陣陣雷聲，趕緊退回屋裡，只見天邊閃光如蛇飛騰，每年都有人遭雷電挾持而去。

儘管路途遙遠，天氣酷烈，家，父母的家，成長的地方，我還是要回去的，那是一種使命，一種情牽。回家見父母，也讓父母看看我。下客運車走回家，也不過五分鐘的路程，或許是我太少回來，沿途鄉人毫不隱藏好奇的眼睛，在他們自家的屋簷下閃爍的眼神像把鈍了的刀，直勾勾望著你轉入誰家的大門。總算走到三合院大埕，鄰人先見了就說：台北人回來囉！喊話的人當年見我要上大學時曾經不以為然地說：查某囝讀什麼冊，王永慶沒讀冊嘛賺大錢。寒暑假回鄉幫忙農事，他又說了：哇！大學生也會做穡呀！畢業後上班，他直接便問：啊一個月領多少錢？有了孩子之後，他也有意見：哎呀！生一個太少，要多生幾個啦！（到底關你什麼事呀！）臉不紅氣不喘直探人隱私。這些眼光和閒語，比正午的烈陽更尖銳，刺得人渾身不暢快。

好不容易進了家門，把每個房間走過一遍，連個人影也沒有。午間的窗邊有風拂過，曾經，十八歲的我坐在那兒寫一首關於初戀的詩。空氣中仍飄浮著桂花的甜味，舊時天氣舊時衣，只有情懷，不似舊家時。

這時日已西斜，隱隱約約聽到蚊蚋在角落鼓譟起來，那聲響裡全是童年的寂寞，滿滿的等待父母的寂寞。院子裡斜照的陽光，在院子裡一步一步走遠了；還是那把晚風中的竹椅，坐著恍然回到從前的少女我，覽看飽受風霜雨露的紅磚牆閃著歲月細緻的光澤，這黃昏啊，竟還是年年歲歲相似的黃昏。

呢呢喃喃似曾相識燕歸來，停在電線上爭說著別後種種人事滄桑。你們在這老瓦厝的窩裡繁衍多少代了，現在是不是還有人相信燕子來家裡築巢是吉兆，還有人願意為你們在巢下鋪上紅布，以防那泥巢崩落嗎？村中的三合院紛紛改建成透天厝，像個老太婆穿了一身花衣裳一樣簇新卻叫人不能適應，你們也難再找得適當的角落築巢了吧。

然後，小孩子們放學回來了，再晚一些兄嫂也下班了，父母親通常要到天黑了才會從田裡回家。農人沒有退休的觀念，雙親都已年過七十了，仍不改日出而作日落而息的習慣。難得回家一趟，照理一家人應該互相說些體己話，而父母照樣談著豬隻的行情價格，香蕉和檳榔還是被偷割了；哥哥照樣訓斥孩子愛看電視，小孩們照樣使性子悶著頭吃飯。臨睡前母親回過頭來照樣問：你的錢有夠用無？你自己身體要顧好！

先生總怪我回屏東多少趟了，那裡也沒去。你想要去哪裡呢？比如像三地門、美濃或是好茶啦。我一向回家就是回家，絕少再出門的，一來缺少交通工具；二來我鄉既無古蹟可以憑弔，也無名勝可供遊賞。唯有夜空遼闊。布滿星辰的天空，很適合吟詠鄭愁予的作品：我從海上來／帶回航海的二十二顆星／你問我航海的事兒／我仰天笑了……。多少年前的一個深夜，姐姐和我忙完蠶寮的農事從田裡回家，抬頭看，銀河自天邊靜靜流過。彷彿響著豎琴聲音的夜空，美麗而神祕，我深心認為我鄉的夜空便勝卻人間無數。檳榔樹梢頭月色溶溶，螢火蟲在草叢間閃爍，與星子天上人間為我們照路。兩個小女生一點也不畏懼暗夜，檳榔樹搖曳的身影一路護衛我們回家。以後再看到任何長有檳榔樹的地方，都有見到自家兄弟一般的親切可喜。

娘家，故鄉，是你在繁華的時候，傷心的時候，首先要想起的地方；卻也是平常過日子的時候經常忘記的地方。回到娘家來，事事物物都曾經那麼熟悉，卻又樣樣件件都不同了。當你要再離開的時候，往往才踏出家門就有不能發為言語的鬱悶。

莫非，那就是鄉愁。

時光留影

我的第一張照片，是六歲時叔叔結婚當天到照相館拍的。照片中的女孩頭上戴著兩個假髮髻，身穿仿新娘紗的白紗裙，腳上一雙潔白的褲襪。站在相館風景布幕前的椅子上，手裡斜拿著一枝紅玫瑰，照相師藏身在相機暗箱的黑布裡，伸出一隻手來，指示裂嘴嘻——來，笑一個。叭——一道鎂光燈閃電似的照亮了女孩的心智。人生的明確記憶從此開始。

記憶之所以深刻，是因為不尋常。首先，平常日子裡除了西瓜皮式的髮型，其他的裝扮都是非分之想；至於那白紗裙，簡直是天上飛來的禮物，雖然只穿了一個白天的時間，第二天就恢復平常粗布衣裳，但足夠滿足女孩初始的虛榮了。

接下來的輝煌記憶是當花童，我當花童不計其數，一直到小學五年級的「高齡」。叔叔姑姑結婚，我和表姐一對紅花似的，插在喜宴的門面上。迎娶新人的繁忙熱鬧是大人的，我只記得在吃過喜宴之後，照例所有的親族要和新郎新娘在大埕拍一張家族大合照。照相師的角架準備好了，吆喝著，嬸嬸姑姑們互相叫喚著，好不容易簇擁過來，又一陣喧鬧地拉拉擠擠推推讓讓才終於站定了，然後拍照。當時我輩或蹲或站在前面第一排，身後層層疊疊不知幾排人，開枝散葉的氣派。待相機快門一按，幾十人一哄而散，各自拎著「菜尾」回家了，似乎誰也不在意曾經在某人的婚禮上留影。而老輩鄉親的臉龐，像風乾的果子一樣，永遠掛在年年褪黃的照片上。

拍過大合照之後婚禮才算真正落幕，花童就像婚禮上充場面的鮮花一樣，迅速淪為無用之物，沒有人告訴我婚禮結束，該回到現實了。那麼有沒有人告訴新娘子，婚禮完成了，從此妳的另一段人生開始了呢？通常這時候已是黃昏，新娘子在新房裡安安靜靜地卸妝，外頭男人砰砰碰碰拆除臨時的搭架，大掃把刷掃著大埕水泥地的乾澀聲音，汽水瓶在地上連番滾遠的叮叮咚咚響，比迎親時的爆竹聲更叫人心慌。新娘子的新生活就在這種粗暴又驚心的響聲中開始的吧。而我不知所以地一路踢著石子回家，結束一回又一回的花童夢幻。

小學畢業前夕，畢業生集合在校門口，頂著屏東夏日的艷陽，一個個曬得嘴歪鼻斜，刺眼的光線使我們瞇起眼睛，蒸騰的暑氣帶來的騷動與少年的茫然，相機咔嚓一聲就永遠留在黑白的畢業合照上。雖然翻過小學的圍牆便是未來的國中校園，驪歌仍唱紅了我們的雙眼，三五好友早就互換了照片，殷切地在照片背面寫著「勿忘影中人」、「長相憶」這樣天真稚氣的期望。而今，像凝視水族箱裡的小魚一樣看著照片，一一辨認影中人，影中人即使就在咫尺也是天涯，已經長久不曾相憶了。

然後，我們長大了。在旅遊、朋友聚會、婚禮、宴會上，還有各種數不清可能歡笑的場合，我們像逛街購物一樣便利地拍照，擺弄著各式各樣的姿態，不外企圖將此時此刻的歡愉定格、保存。人生不如意事十之八九，面對鏡頭，即使有多大的辛苦艱難，有多深的悲傷，我們仍會記得要面帶微笑。許多年之後，人經過滄桑，照片經過時間的潤澤，泛黃的照片遂有了一股不可言說的魅力吸引目光。照片保存的瞬間，卻彷彿是過去的生活本身，在日後的追憶與尋思中，在心裡悄悄說一聲：原來是這樣的啊。

比如說，當年尚未進入社會工作時，張張照片上是不經人事的清麗面龐，笑得可以滴出蜜汁來，再看看如今早上九點和晚上九點同樣疲乏的面容，相識卻難以相認。又比如有些事情在當時早已露出端倪，卻不為大家所察。在閃光燈乍亮快門脆響之後，拍照時互相挽著的、搭在肩上的手，頓時失去了親密的理由，彼此不無尷尬地把手收回來。我們習慣於在面對鏡頭時製造日常戲劇，詐欺記憶，為的只是要在這可能永恆的一瞬間，記得我們曾經這樣兄弟，如此姐妹。但是沒有恆久，只是剎那，此後的種種，便如冬日飲冰了。

在鏡頭前，最造作的莫過於結婚沙龍照了。在攝影棚華麗的佈景前，忽而梁山伯與祝英台，忽而是羅密歐與茱麗葉；外景或至善園或中正紀念堂或任何風景區，儷影雙雙擺弄各種親密姿勢。要結婚的人多數認為花幾萬元拍這幾十張照片是絕對必要的。人生就這麼一次嘛，也是一種紀念啊。但是任誰都知道，這樣一本厚重的相簿很快就會收進櫥櫃的最底層，而男男女女從此過著幸福快樂的日子了嗎？照相本的厚度並不等於幸福的深度，過來人善意勸告不要把錢花在這上面；話說得對但不合時宜，前行者已仆，後來者仍趕著走進婚紗店呢。

說到婚紗照，我偏愛父母叔伯黑白照片時代的「結婚照」、「告別單身紀念照」。昔時當有人結婚在即，三五兄弟黨或手帕交，相約在相館裡留下身姿笑影以告別單身生活，昭示曾經的年輕與友好。而兩人的結婚照，簡單別無花樣，新人或站或坐，雙眼望著前方。巴掌大的黑白素樸畫面上，有他們看向未來的人生憧憬，也有對過去青春的紀念；他們面對鏡頭，認真的眼神，拘謹的舉止，更顯得慎重而真實有味。

結婚之後，我便不再喜歡照相。在家庭聚會的場合，飯飽酒足的餘興節目，往往是儀式化地排排坐拍全家福。每個人像標兵一樣代表著一種身分，在鏡頭前，大家儼然父慈子孝兄友弟恭。此時，我也得戴起面具，微笑，一直微笑（我真正想做的是把頭轉開），偽裝出賢妻良媳的模樣來成就圓滿氛圍，實則照片中幸福的家庭卻和相紙一樣的扁平。而我的憤怒，我的憂鬱卻無從顯影，噫，婚姻生活中多少事要睜隻眼閉隻眼才能達成。

回鄉與母親說說笑笑的時候，我有時拿起相機對準她，母親當即停下所有的動作，抹一抹頭髮，收起輕鬆的面容與放鬆的肢體，以鄭重的形貌面對相機。母親從來不曾擁有照相簿，她所有的相片是父親服兵役時的大頭照、與大哥周歲時的合照，以及後來叔叔結婚時我和弟弟各自的獨照。這幾張照片就放在全家唯一上鎖的櫥櫃裡，小時候我每每趁母親打開櫃子的時候，搶著拿出已泛黃的照片來端詳，父親曾經如此年輕，這臉龐之下可是海軍陸戰隊訓練出來的體魄，在農地上又是讓老歲人讚嘆的鐵人。那壞脾氣的哥哥在嬰幼的時候也這麼可愛哦。母親忙於農事家事，眼光可沒有閒工夫在這些照片上多做停留，小時候我就知道，如果照片能換成紙鈔，對母親會更有幫助一點。

換季時田地裡要翻種紅豆黃豆或是白菜蘿蔔，母親總要上廟裡拜拜抽籤請示媽祖，或在廳堂裡燒香擲筊，徵求祖先的同意來加強自己的信心。排排坐在廳堂牆上的先人遺像，唯有爬滿皺紋的面容是「真」的，死亡以華麗的屋宇、庭園和象徵富貴的太師椅、瓶花和桌布圍繞他們，他們在人間可能根本沒有見過也沒有使用過這些物件。肅穆冷凝的畫面，一派世俗生活的富足卻顯得闃寂，大家都知道那一切是虛假擬造的，但是可以接受。這是我們的善意也是愚癡，假造人間生活的美麗且富足，祝福先人去到想像的天堂。

生活照片或可說是人生的備忘錄，在鏡頭之前人無以遁形，按順序看是人的一生，隨意瀏覽則如夢境，可是當我們對生命不滿意的時候，卻無法像拍照時一樣要賴要求重來一次。照片是靜默的，我對之愉悅對之嘆息，照片從不回答什麼，只投射出曾經的五色五味的記憶。

觀舞

舞台上音符與輕煙漫飛，燈光隨節奏起舞，精於編織的塞爾特民族的巧手，幻化為聲光燈影的旋轉交錯跳躍。舞者輕快地飛跳出場，腳尖稍稍輕觸舞台便足以彈起身體飛騰起來。看來那麼容易輕盈，嘗試跳過的人都知道並非如此輕鬆的。

我不會舞蹈。我知道自己一定遺失了什麼。

曾經我也是愛唱歌舞蹈的快樂孩子，解了一題數學、造了一個好句子，非要哼哼唧唧幾句，蹦蹦跳跳一番不足以宣洩比得意還更多的快樂。多麼令人懷念的「嗟嘆之不足，故詠歌之，詠歌之不足，不知手之舞之，足之蹈之也」純真年代，不知道是我的快樂引人忌妒，還是「行止端莊」的女範制約，我單純的快樂終究在眾人不以為然的眼光中自我約束起來。

讀女中的時候，聯考的魔爪緊緊掐住咽喉，白上衣黑裙子旋轉不起青春的舞曲。幸好還有體育課可以跳跳土風舞。體育老師名為「鐵男」，他的蜂腰肥臀款擺起〈水舞〉、〈沙漠之歌〉，柔軟宛如隨音符形塑的ＱＱ麻糬，再配上他全然陶醉的表情，惹得一班女生捧腹狂笑不已，暫且忘記如影隨形的考試壓力。那棵印度紫檀樹像極了瞇眼撫鬚的老公公，笑看一群掙脫束縛的青春女孩撒野，還不忘為我們搧幾把風呢。

舞台上清脆的踢踏聲，伴著鼓聲舞者抬頭挺著胸，恣意伸展肢體，凌厲的手勢，快意的頓足，全然的自信，我驚奇人的肢體原來是可以這樣奔放，可以這樣釋放，強悍而美麗。隨著熱烈的氣氛，血液打著拍子流竄我的身體，手和腳不自主地蠢蠢欲動，那一顆拘束多年的心啊，鼓聲像春雷喚醒沉埋的種籽，掙出土地，探出頭來要伸枝展葉。

在大學裡為了參加舞會，大家在熄了燈的宿舍裡學跳迪斯可、吉魯巴，左一右二，前前後後，忽然同學說：哈！你跳得像一根木頭在動啊！我正自得其樂呢，就像把踩著夜的絲絨的我，重重推入暗黑的泥淖，這句話嚴重傷害了我的自尊。我害怕笨拙的舞步再讓自己出醜，從此再提到跳舞，我萎縮一如被撩撥的含羞草。

曾經也在國父紀念館看「雲門」的表演，那是不知世事艱難的年紀，舞蹈也只是一場舞蹈罷了，一種視覺的新體驗，一番心情的翻騰。十年後結婚生子了再看雲門，再看「渡海」，忽然才懂了這一場舞。

先民搭上船隻，離去前頻頻的回頭，跪下來拜別皇天后土，我終於懂得那不僅僅是儀式，也不僅僅是舞蹈，那是連根拔起的痛楚。眼前浮現我的父母親、祖父母還有許許多多長年匍匐在土地上耕作的人們的身影。多少次與風雨的搏鬥，為搶救賴以生存的農作；男人為養家活口拚身捨命；女人為養兒育女忍氣吞聲；是怎樣的生活辛酸與生命莊嚴凝鍊而成的身姿。我的眼淚是黑水溝上的狂風斜雨，掃得在風雨中飄搖的船隻模糊了前路。原來，肢體可以這樣表達情感和思想。

然而，我不會跳舞，我一定遺失了什麼。

舞台如此寬闊，小提琴手一邊拉琴，簡單的音樂，自在的舞步，一樣引來觀眾如潮的掌聲。

二年前一個秋日涼爽午後的星期六，去看誠品書店廣場的優人神鼓表演。在肺癆般公車的猛咳間隙，鼓聲咚——咚緩緩響起。一排兩排的機車警報器也顛狂地嚎叫。轟轟然的鼎沸市聲竟也沒有吃掉鼓聲。鼓者平常的面容，因為專注而顯得莊重，更具有一種動人的美。漸漸地我融入鼓聲，就像回到兒時鄉下的廟會、媽祖生大拜拜漫天蓋地而來的大鑼大鼓聲中。平凡單調得擰不出故事來的農村生活，唯有在節慶的時候，才會有這樣歡騰的，揮霍的，熾熱的濃烈氣氛。

一記一記的鼓聲擂醒單純的快樂的本性，雙腳也隨著節奏打著拍子。神鼓隆隆，原舞者與鼓聲忘情地舞著，被禁錮的舞蹈精靈受音樂的蠱惑，引出我一股跳上舞台的強烈衝動。舞者走下台來邀請觀眾一起共舞，初時大家羞澀地往後退了退，終於有人拉著舞者的手跳上舞台去；我在心裡喊著自己：「上去！上去呀！跳呀！跳呀！上去跳呀！」

為什麼不上去呢？為什麼上不去呢？

到底，我還是輸給自己的怯懦，儘管內心暗潮洶湧，全身細胞騷動起來，都狂暴喧囂著我要跳舞，我要跳舞啊；而我只能站在原地懊惱又焦急，雙腳卻不能因此移動半步。當下我才清楚地明白，我的「遊戲」的性情一直都被抑制著，我誤以為聞歌起舞是輕浮不莊重的；因此我聽不到自己內在的鼓聲，從來沒有領略過狂奔的喜悅、盡興的舞蹈。我成了手舞足蹈的侏儒。

音樂戛然而止，舞者鞠躬謝幕。

觀眾瘋狂地爆出：安可！安可！我和大家一樣狂熱，卻無論如何也只會拍痛手掌喊不出一聲安可來。

我知道我一定遺失了一些什麼。

淡水河邊

你熟悉淡水嗎？嗯，好像有點熟，卻也不盡然。我們只熟悉我們曾經的熟悉。

淡水河邊，書店、露台、夕陽，雲是一列火車橫走西天，駛向柔軟的記憶。

如彼時劉家昌愛情電影的畫面。

都經過三十年了，誰還要那種虛幻的美，抓不住的愛情？

一個夏日和那個機械系的男生在沙崙沙灘上，觀看漁人放置水桶中的水母，透明的身體如水中的舞者，飄浮的律動就如當時的愛情，無可捉摸。後來我隨口問了一句：淡海也會有鯊魚嗎？他笑得彎了腰。而我們坐在這裡不能不想到我們的生活，婚姻，不再虛幻，是具體的毀滅，是令人厭棄的重複。當那怨怒的黑色激流逐漸流貫全身，於是我們再度噤口靜默下來。

書店裡有詩集，我們讀著詩，比較版本比較譯筆，交換讀詩的困難，但是詩人以字句溫暖我們的想像。這裡是曾經有詩意的小鎮，我們想像〈河邊春夢〉、〈淡水暮色〉在河邊如何被吟唱。金門王與李炳輝「流浪到淡水」，而淡水以實際的按摩店紀念兩位流浪歌手。

我說：那一年修美術史的課，一個假日我們像小學時候去遠足一樣，跟隨在蔣勳老師的身後，要去訪廖添丁的墓。是的，彼時我們都是小學生，對於美，對於希臘羅馬，對於技藝，甚至對於台灣，我們都還是小學生。我們跟隨著蔣老師行走，出發去尋訪也是阿嬤午後廣播劇中的英雄。那是我第一次坐漆著海軍藍的渡輪過河，依稀還記得河水的鹹腥味、不至於令人嘔吐的機油味道，還有一種屬於海邊魚貝類的腥羶氣息，以及微微的不安全感。渡輪才幾分鐘就到了對岸八里，我們雀躍著跳下船，走上一小段水泥斜坡，荒涼柏油路的煙塵瀰漫探索的眼睛，砂石車顛狂長嘯奔向前去，傳說中的義賊飛簷走壁身影或許也在煙塵中竄身而過吧。我們懷了幻想的墓園和各地常見的廟宇並無差異，我們在廟後找到了英雄的葬身地，有人點了香菸插在墳前，算是給英雄上了香。

回程，彼時岸邊燈火點點，星光也點點。當時蔣老師風華正茂，外號「萬人迷」，形象高大，他是一座山，我只在遠處瞻望他。他會站在教室後面的角落，帶著讚許的微笑，看著我們展示自己的毛筆字，就像在展示自己，而當年我們又是如何羞於站在別人面前大方地展示自己。他彷彿最能理解年輕的手腕如何難以掌握柔軟的筆毛，描寫兩千年以前的字跡。彼時岸邊燈火點點，天上星光點點，河上有風，忽聞蔣老師引吭唱歌，大家靜靜聽著。淡水河上，唱歌的人，聆聽的人，星光以及渡輪框在記憶之海裡。

為人所記憶的海角小鎮，總是充滿了美。台灣前輩畫家人人都畫過淡水、觀音山，楊三郎、顏水龍、郭柏川、李梅樹、李石樵、鄭世璠，或名淡水白樓、淡江風景，或是淡水河畔、淡水風光。他們的畫筆如剪刀，剪下美麗的角落；油彩如膠，凝固了曾經的美麗，拼貼了我們的記憶。而那些美麗或可尋，或不可尋。

小孩說：要到淡水戶外教學。

教什麼？學什麼？熟悉的陌生的名字如流，在浪頭上閃亮著旋又歸於河水。百年前的河水是什麼顏色，夏天的氣溫是幾度？改變恆常在發生，不變的是紅毛城、小白宮和英國領事館光影斑駁的牆面。斑駁的光影向你們揭示了什麼？教學活動總是在吵鬧聲中進行，學生也像眼前騷動的河水，騷動著小鎮的記憶。

我又說：在台北生活，因鬱悶，就想著要走一趟淡水，像逃走一樣。有了捷運之後，甚至可以利用中午的休息時間，越獄似地潛入地下，避人耳目低著頭走進捷運車廂的角落。過了民權西路站之後，車廂豁然竄升地面，陽光照進車廂，於是有了一點遠走高飛的味道。窗外有新的樓房建好了，新的市招被掛起來，漸漸地可以看到山了。忽然很懷念從前搭火車時，鐵道兩旁的矮房子，人家門前一畦一畦的青菜，圍籬邊的小花，曬著的衣服，和對著火車吠叫的狗，像是有人在等著什麼人回家似的，我也一直不明白為什麼自己如此眷愛這種小風景。過了關渡之後，蒼灰的水面閃著粼光在你眼前漫延，蒙著灰塵的綠樹荊棘一樣矗立在水邊，淡水到了。這是真實的一刻，我來了，像一個逃犯終於逃到法外之地獲得自由，要對著海面狂叫幾聲，然後坐在河邊聽水浪如巨獸的跺腳悶悶地重擊岸邊，思索著今後的去路。風從左邊從右邊吹亂頭髮，我努力我掙扎，對自己說要勇敢，要堅強，甚至堅硬。眼淚流過之後，轉過頭就要淡忘。然後，捷運列車發車的鈴聲響了，尖銳如警笛從四面逼近，時鐘的長針和短針像兩列警方人馬一步一步包抄過來，欲逃無路啊，終於我束手就擒被拋進車廂返回市區。

河水一波一波撞擊著堤岸，像個繳械者沉重的呼吸聲。

老

父親在電話中說到：啊，你娘現在腳痛得無法走路了……

母親被肢體的疼痛齧咬得精神委頓下來。回娘家時，下午兩三點了，飯廳裡很暗，細細巡看才發現母親半駝在藤椅上打盹。慢緩緩地，她才回過神來，說：「你回來了。」

老，以令人措手不及的速度降臨，現在的母親看起來就是老人的樣子了。我無法忍受見到這樣木然虛弱的表情，趕緊開燈，大聲說話，打開行李，碰響桌椅，我要恢復一個活潑潑的生活場景。母親一向精瘦，如今手腳關節處微微紅腫，手背上爬著扭曲盤行的血管，老手老腳像不馴的枯枝，一不小心便會折斷了似的。

母親說起附近很多人都腳骨痠痛，有人介紹一種藥吃了就不痛。於是眾人集資五萬元，匯寄給對方，他們就會把藥寄來。母親也吃了這種偏方。

「啊？連藥名都不知道，你也吃了一年？」

「那某某人和某某人也在吃啊，人家吃都有效。」母親申辯。

這時我才意識到過去一年母親在電話中似乎曾經在談說母豬生豬仔、檳榔價格的話語中，夾雜著提起過因手腳的疼痛而不便，而我竟以為像傷風感冒的小毛病，聽聽就過去了。父母在電話中往往是報喜不報憂，就連父親去年發燒一個月，最後診斷出是肺結核，我和在外地的弟弟都不知情。我為此自省，自己曾經為父母做過什麼事嗎？

都已經是八十歲的人了，仍頑強地想要工作。工作的欲望填滿了生活的所有縫隙，我所看到的母親的生活，除了工作，實在沒有別的了。我鄉人的觀念：年老了還能照顧農田，是老天爺頒贈的第一名。我知道母親也努力在爭取那個榮譽，我認為母親已經拿到了，然而或許母親認為前面還有一段路要走。

為了行走的安全，我再三建議母親要持拐杖。後來才明白，我錯了。我粗心忽略了母親清醒的神智和強烈的自尊，拐杖提醒著：人老了。冬天之前每天還在農地裡走來走去的母親，那裡肯輕易認老，如何能輕易接受子女憐惜。她靠著雙手雙腳曾經撐起半邊天，如何想到如今要抬腳跨過門檻竟有那麼艱難。原本血肉豐滿的身軀已被時光和勞動侵蝕得越來越彎向土地，但她寧可扶著牆面，桌椅，攀著根本不受力的樹蘭枝條，無論如何也不認為需要拿拐杖。四肢僵硬了，連洗澡都擦不到背，我說我來幫忙洗，母親則堅持自己慢慢來就好而婉拒。

但母親拒絕不了要勞動的想望。要工作而不行，我想，那種使不上力的苦，恐怕要比關節的疼痛更讓她感到痛楚吧。大姨八十八歲仍到田裡去做穡，後來有時會忘了怎麼回家，才被家人禁止再下田。大姨臨終前，睡夢中雙手還在空中揮著拔草的動作。母親十分讚嘆大姨的無疾而終，沒有吃藥看醫生，不麻煩兒女序小，是最有福氣的，彷彿那是值得企求的人間喜劇，而喜劇的落幕是一片淚花浮在眼角。

春節期間，八十餘歲的大姑從鄰庄騎腳踏車來到家裡，老姐妹拉了椅子就在屋簷下聊起來。大姑說起兒子的生意，又說女兒也當阿嬤了，我在一旁偶爾唯唯應著，完全搭不上話。即使和這些表兄姐在路上相遇，恐怕大家也不相識了，漸漸我便生起一種淡淡的尷尬，淺淺的歉意。恰好此時鄰居武丹嬸騎摩托車送來地瓜葉，嫩葉人吃，莖和粗藤給豬吃。母親十分欣羨武丹嬸：「你還能騎摩托車四處去，可以去種菜實在足好。」我說：「不然，我買一百隻豬仔回來給你養啦。」母親赧然笑了起來。

三位老嫗微微俯身對坐，多皺紋的表情謙遜而舒緩，冬陽曬暖她們如靜物畫一般衰老的身體。過去她們是生活的負荷者，而今安詳脈脈相對而坐。我坐得稍遠些聽她們說話，空氣中飄著稀微的桂花香，混著豬雞糞便的味道，鴿子在咕咕叫，才發現那是一首各唱各調的三部和聲。大姑耳背，有時答非所問，自顧自地想到什麼就說什麼，武丹嬸談說菜園裡的蟲害，母親則敘述手腳怎麼笨拙，如何疼痛。媽祖廟播音的嗩吶突然響起，大家暫停下來，聽聽也不過是廟埕有人叫賣便宜的高麗菜和鳳梨之類的廣播，便又各自接起剛剛的話頭。

這些年的春節，也是在老屋前的這塊小地方，我和兄弟圍坐剝花生，曬棉被，晚上圍烤桶仔雞，架起燈來吃火鍋。我總以為小孩一天一天長大，父母一年一年老，每年冬日照舊可以回到此地曬太陽。陽光在水泥地上繫住大幅的光亮，我忽然胸口一緊，痛切感到天地之間亙古的殘酷，無情。千百年來，陽光彷彿多情地照在屏東平原，照耀著不遠處的大武山，照亮農家的門埕，也曾經溫暖了曾祖、阿公阿嬤的背脊。年年陽光依舊在，似曾相識燕歸來。然而，父母老了，屋宅也敗壞老朽了。

屋宅的老，以極其緩慢而不堪的面目從小角落開始，廳堂走馬燈的紅色黯淡了，並結滿蜘蛛網，屋頂上包住燕子窩的紅巾佈滿灰塵。老家的一切彷彿都舊了，矮了。母親指著廚房的牆面，說那些磚塊比較扎實，而建大厝身時已經是戰時，物資較差，多塊紅磚已呈風化而剝落。磚塊吸收了陽光、雨水和歲月而轉為參差不勻的紅，顯出老磚經得住細看的美，散發時間的光澤，如同母親的老相。老屋帶著垂老的寧靜與大方，悠然盤坐土地上，但勢必要改建了。否則，屋裡一個又一個戶碇，母親手腳不靈活，夜裡如廁竟也處處充滿危險。

看著老人老屋老陽光，老，以迅疾或緩慢的姿態降臨我的四周，我彷彿明白了一些什麼，但又感到真確的心驚和痛惜。

自畫像

在畫廊裡我只看到一幅畫。月光下，遠遠觀音山下燈火點點的城市烽煙蓬蓬；極灰冷的空間裡，一個肌肉已見鬆弛的中年男子手中捧著血紅的心臟，倚坐在老榕樹幹上，右腳踝有受傷的痕跡。最後是你憂傷的眼神。

不，最先是完全寫實的臉上憂傷的眼神吸引了我的目光。我迴避似的移開目光，眼睛在背景遠處轉了一圈才慢慢移到你的臉上。你注視自己，也注視觀者。

這個眼神我好像熟悉又有些陌生。熟悉的是眼神裡所承載的焦慮、沮喪和不快樂。我熟悉，因為你把人生的辛苦明白畫在臉上。

陌生的是，嘿，中年老友，我記得的可是你笑起來有些像達斯汀霍夫曼的笑臉，那個高興的時候就要直接喝一聲：爽啦！的人，竟也憂鬱起來了。

看著你的這幅畫，感受到一股力量，讓你這樣誠實面對自己所感動，於是我打了一通電話給你。因為這一幅畫，我們之間好像有了某種連繫，我們約了時間一起吃飯。我帶你到一家義大利麵館，你說：「啊，我也喜歡義大利麵。」露出孩子等待食物一般的笑容。

你還是喜歡開玩笑，隨口問了服務生難以回答的問題，使得女孩子只能尷尬地笑一笑。義大利麵送來了，我們稍稍挑剔了服務生的態度。我們吃著麵，讚美食物，讚美天氣，然後談著孩子的課業、工作和家庭，我們在各自軌道上的旋轉。

麵館漸漸人多了，每個人的聲音撞向牆壁之後又四處竄飛。我們也開始扯著喉嚨談你的畫。我說你的皮衣上依然沾著松香油的味道，而你的作品已經很不同於以往。這表面看來是創作題材和畫風的轉移，我想在你的內裡必然有更重要的事情發生了。近幾年你的消息都是從報章雜誌上看來的，比如你和同好組織了畫社，宣揚你們對繪畫的主張；比如你在妻子開設的幼稚園開娃娃車等等。

你收起笑容，談起這些年來創作上的迷惘。經過流行的藝術潮流，畫過社會性議題作品，之後焦慮到有二年的時間無法拿起畫筆。於是你只得誠實地面對自己，面對自己開始鬆垮的身體的焦慮，因父親的早逝而對死亡的恐懼，被母親壓抑的陰性特質與對她的反抗，面對欲求的不滿足。

所以，你開始畫自己。

緊縮的身體坐在樹枝上，眉頭微蹙，憂傷的眼神還在尋找什麼，你還有一股不屈的力量要掙脫出來。你能夠從裝置藝術、複合媒材的風騷潮流中，回過頭來一筆一畫畫你所見的「真實」，正視世俗平凡的生活，讓油彩閃現生命的光澤，對繪畫有更深的信仰，對藝術潮流有挑戰的勇氣，這是我要為你喝采的。

人到中年，我們深知美麗而快樂是多麼難得。你見過快樂的自畫像嗎？要宣示藝術家自身地位的杜勒，他的自畫像是那麼端肅凝重，彷彿在遙遠荒涼的北方只有他，只有他的技藝；以自身為人性實驗對象的林布蘭，自畫像是他認識自己、揭露自己的舞台；還有僱不起模特兒的梵谷只好畫自己了。每個人看起來都那麼不快樂，每個人生命中都有不可解決的難題。人必得因為不快樂，因為痛苦的齧咬，才能感到存在？

而最血淋淋的自畫像，就屬芙麗達．卡蘿自傳一般的自畫像了。她的許多作品都是在病床上完成的。她畫流產的自己、思念花心丈夫而流淚的自己、畫她的痛她的力量。如鳥之雙翼的濃眉停在她的鼻梁上方，自由的意志困鎖在殘破的軀體裡。

如果卡蘿以畫自己而成就藝術生命，顯示她與命運的對話；那麼百貨公司的化妝品專櫃小姐每天對鏡專心致志地描摹，那麼盡心地在臉上做文章，父母生成的一張臉，女人自己卻給出另一張，或仿蕭薔或像林志玲，她們向我們顯示了什麼呢？

卡蘿說：我從不畫夢境，我畫我的現實。

我不喜歡說夢，因為生活的不快樂已佔領了夢境。我面對的每日的現實生活扎扎實實擺在眼前，扛在肩上，捧在手裡，沒有虛幻的空間了。

生活的點線面所成就的我的自畫像，毫無矯飾地就坐在你的面前，活像一齣八點檔連續劇的苦旦，我可從來沒有想像過我的人生必須如此。

然後，你像是下了很大決心似的困難地提起一些往事，我靜靜地聽著，像聽別人的故事一樣。唉，老友，有時候生活比創作更艱難，我們各自努力生活，有一天的中午一起吃義大利麵，心情平穩，不談感情已經很久了。

麵館的人群逐漸散了，安靜的空間回響著咖啡杯盤碰撞的聲音，這時候我們也該起身，離開，揮手道別。

我們還約了再次中午見面吃飯。當日中午，你忽然來電，說是有急事去處理，不能一起吃飯了。我當然說沒有關係啊，以後再約了；從此不再有消息。二十幾年來，我們總是這樣差不多七八年見一次面。

冬夜裡窩在棉被裡聽中島美雪的〈前燈．尾燈〉，寒冷中被她溫厚的歌聲包覆著，竟也生出一些些美好的感覺。「前燈．尾燈，旅程還沒有結束，照亮正前方道路的是未盛開未實現的夢想」，歌聲裡車燈氤氳迷濛霧氣中，我記起二十多年前十二月的寒夜裡我們在劍潭寺倒下的石柱上坐著，你送我一個迷你收音機，我們謹守著做朋友的分寸，談著你對藝術的抱負，還有互相勉勵向上的話語，就像之後我們每次的見面一樣。

每當我再想起你，無寧是你我都還亮著頭前燈，各自奔向未盛開未實現的夢想。

輯三

理想之庭

我們的快樂

寒流來襲的夜裡，我們手牽手在斑馬線上小跑步趕路，為了在亮紅燈之前通過馬路。跑著跳著，你笑了起來，這時我也感到些許「快樂」的味道。你快樂嗎？我在意的是你快不快樂。但是，快樂是什麼？這是一個難以回答的大問題。

寒假的清晨我們像兩隻貓繾綣在被窩裡，相互呵癢，肌膚相親的嬉戲，嗅聞你身上殘餘的乳香帶著汗味的氣息，我們是快樂的，純感官的快樂，纏綿到不得不起床的時候，又埋怨彼此耽誤了時間。

因此，經常我把你當作上班遲到的擋箭牌，就像其他自我逃避的藉口一樣。我安慰自己，因為要照顧你、陪伴你，所以我沒有時間做其他事，例如沒有時間閱讀、沒有時間去看電影；我可以不再面對自己，因為愛你，可以放棄做自己喜愛做的事，像寄居蟹一樣以為找到可以安居下來的殼了。而當你第一次抱著枕頭要去和表姐一起睡覺時，我終於承認，有一天你會走出我的房間，甚至走出我的世界。

在你閱讀的時候不經意和你說話，你說：不要說話，會破壞氣氛的。一時之間，我竟不知如何自處，我們二人自足自滿的堡壘坍塌了，你已經擁有一個我無法插足的世界，該為你喜呢？還是為我自己悲傷？彷彿乾苦的嘴裡含著喉糖，淡淡的哀傷中透著涼涼的幸福，我坐在遠處看你，看你美麗如淺浮雕沉靜的側臉，眼睛閃著亮光在書頁中上下遊走，時時發出輕微的笑聲，我估計著你離我多遠了？書中的故事把你帶往何處去？回頭再想想，過去在我把房門關上，不讓你來找我說話的時候，你心裡想的又是什麼？

就像你在上幼稚園之前的某一天，午睡後給我的電話留言：媽媽，今天我醒來後，沒有哭哦～。提高的尾音，顯示你克服了午睡醒來時的孤單感的快樂。我一直保留著這則留言，有時候就反覆再聽，體味在你心靈中逐漸成形的孤單。那種孤單的感覺我是深刻知道的，從小時候開始，午間小睡醒來四周安靜得似乎只有陽光移動的聲音，光天化日下空蕩蕩的大埕和街路，沒有半個人影，一種遺世的荒涼，至今仍然，是我們共同感受的孤單感。後來才知道你午睡後，是躲在被窩裡暗自流淚，連阿媽都不讓知道的。我可以想像你如何凝望窗戶的天光極緩極緩地暗下來，直到天黑了，我才能回家擁抱你。

時間在流逝（或者說累積），但是我們都看不見，它以突然的方式向我們展示，如同我總是在一次又一次的驚奇與陌生中再次認識你。走到你的書桌前，平常大略看過的檯燈、錄音機和筆筒排成一列，坐下來細看，筆筒裡各種不同顏色的筆，便條紙，《美少女》雜誌送的紙盒，一盆仙人掌和徐若瑄的照片，置放髮夾小飾物的籃子，我對這些物件感到陌生，完全是另一個人的生活內容了。在那個時刻，我才體認了一個事實，你是一個獨立的個體，而我是一個母親，同時也是我自己，我必須是我自己，才能更愛你。我在準備重新做我自己的時候，你也努力跳繩、打球，要自己快快長高長大。

你和院子裡的木瓜樹比賽長高的速度，創造生長的樂趣，我卻認真去思考生與死的問題。所謂的死，就是黃昏時無法再與你在堤防上散步，大大吸一口甜甜的空氣，不能和你一起吃點心。所謂的生，就是晚上我在洗碗槽邊洗碗，你講學校裡發生的事；我用擦不乾的手替你簽家長聯絡簿。死，必然是無邊無際的孤寂；生，則是浩瀚無窮的幸福。於是我生出一股完全匹婦的心志，一定一定要陪你長大。你知道嗎？有時候下班回家，才一進門，你就嘰哩咕嚕說話，屋子裡充滿我們的聲音，直到睡前不得不拉上嘴巴的拉鍊還欲罷不能。有時候再回想我們到底都說了些什麼，卻也沒有什麼印象，生活的面貌大約也是這樣模糊的，那是我們的快樂。

臨睡時，你在鏡子前把頭髮解下來，從各個角度端詳自己的臉龐，喜不自勝地說：看我多美麗啊！你的自信與少女的美麗在鏡子裡閃耀如匕首，劃破我為光陰歲月凍結的青春，戳刺著被文件帳單封鎖的生命。我還陷在沉思裡，你已踩著舞蹈般的步子跳上床去了。

忽然醒來的深夜，月光照進床上，我推醒你，說：你看，有月亮。你一骨碌爬起來，湊到窗邊張望一下，贊同我的話，嗯，有月亮。一翻身躺下又睡去。這樣不沾不滯的心靈，應該給我帶來某種訊息和哲理吧。我又伸頭望了望窗外暗中發白的屋宇，睡在有月光的床上不是很幸福的嗎？在學校的母姐會上，其他同學的家長紛紛搶著訴說誰誰在家時是如何乖張，又誰誰是如何的懂事聽話。你沒有什麼可誇耀的，也沒有什麼可嫌惡的，所以我有充分的閒情抬頭觀望窗外小葉欖仁的葉片在秋陽裡翻舞閃耀，你看世界的眼光也如秋陽乾淨晶亮，讓我覺得快樂極了。因為有你，我們的生命就像魚游於水，鳥飛於天那樣自然。

人都要長大，但不一定快樂。生命從來不是那麼美好，但是我們都要努力，祝福：我們都快樂。

廚房的聲音

我愛極了從廚房傳出來的各種聲響。因此，也喜歡范成大的詩〈曉枕〉：「煮湯聽成萬籟，添被知是五更。陸續滿城鐘動，須臾後巷雞鳴。」

雞鳴之後，農家的清晨也是從廚房醒過來的。先是父親準備水牛和豬隻的飼料，電動絞碎機絞切番薯葉，剉碎番薯，柴火在灶坑裡嗶嗶剝剝。然後是母親料理早餐的切菜聲，大菜刀輕快地通過一把菜蔬在木砧板上起落，如耳語細細脆脆；切過肥胖的瓜類蘿蔔時咚咚咚又鈍鈍的節奏如同拍背聲。在這樣敦厚的「鬧鐘聲」中醒過來，想著廚房中大鼎正冒著白煙、母親在廚房走動的身影，還賴在床上童稚的我們往往一翻身便又睡去。

總認為廚房裡瓷盤碗筷的響聲，在輕脆中飄浮著日日平靜的滿足，流露尋常日子的喜怒，和愛憎。從人家廚房傳出來的聲響，或輕或重，叮叮噹噹，那人也許在盤算著晚餐的菜色，也許在煩惱房貸帳單種種不難不易的瑣事，也或許，正在謀劃一次出走。

曾經，我也渴望自廚房出走。那時下班衝回家總是心急，在廚房裡更是分秒必爭，每個動作都要快快快，洗菜像要溺死毒素菜蟲般凶狠，切菜如斬亂草，然後唰一聲下鍋，鐵鏟鏘鏘鏘與鐵鍋短兵相接，聲如馬蹄狂奔，抽油煙機轟轟然戰車般輾過粗礫的心情，快火熱炒三兩回合便熄火起鍋。直到我厭倦了把廚房當沙場的日子，放慢腳步之後才開始喜歡廚房，喜歡自己的切菜聲，左手指頭也不再帶刀傷。菜刀利落滑過蔬菜瓜果總帶著痛快又涼快的感覺，鐵鍋油滋滋歡炒著，大同電鍋啵啵送出陣陣米飯香。與小女低低切切的私語，就像蔥頭蒜苗，隱身在一道道菜餚裡。此時，我在這一方天地裡是純粹而平靜的。

在有外勞幫忙家務的一段平靜日子裡，她在廚房裡整理碗盤洗菜炒菜，我聽著那錯落有致的聲音，竟起了一股煩躁心情，好像是哪裡不對勁。我在房裡徘徊，思索我的焦躁從何而來。自家廚房傳出來的熟悉聲音，卻不是因自己的操作而生發，另有其人，另有其人，儘管那人是外勞。我開始不自在起來，停下腳步憂鬱地聽著，彷彿站在門檻外，隔著門窗看別人僭用自己的廚房。

廚房裡碗盤相互碰擊的鏗鏘之聲，也像醒人的鐘鼓聲。記得曾經在日本京都賞櫻遊覽名寺古剎，十天的行程有些倦乏了，我漫步走入尋常巷道裡。不意間在巷子裡聽見人家屋裡收拾碗盤的聲音，那聲音或停或響，或疾或緩，在我聽來都是生活的回聲，充滿了情緒和故事，讓人可以想像一個家庭生活的種種細節，竟撫息了我在異鄉的陌生感。

而今，每當廚房傳來熟悉的搓洗筷子的嘈嘈切切，我含笑聆享這個人籟，感到幸福就在此刻。

市場風景

甘蔗渣

市場裡有個攤位賣甘蔗榨汁，也兼賣其他果汁，甘蔗汁還可以加檸檬或其他水果調味。一杯甘蔗汁咕嚕嚕喝下去，有甘蔗的甜味，但沒有了咀嚼甘蔗時，甜汁從牙縫裡溢出來的樂趣和享受。喝甘蔗汁的人又如何體會「倒吃甘蔗」呢。

是誰發明了甘蔗榨汁機？想必是愛吃甘蔗又牙齒不牢靠的人吧！從前農家小孩在田地上拾起甘蔗段，就以利牙啃撕甘蔗皮，再一口一口嚼那甜滋滋的甘蔗。甘蔗是直接從農地上撿拾來的，因此常常吃得黑了半邊臉，想來都令人莞爾。

看著從榨汁機一片片緩緩滑下來的甘蔗渣，竟錯覺是辦公室中被電腦吸盡精氣神癱軟在座椅上的人體。是誰發明了電腦？把人榨得像一片乾癟的甘蔗渣。

指紋

牛肉湯裡的水餃皮，明顯浮著清楚的指紋。看得我不知如何是好。那麼清楚印在水餃上的指紋，就這樣一口把它吃進肚子裡嗎？

不禁抬起頭來看看那名努力包水餃的男子。一個外貌平凡的中年男子，臉上看不出什麼個性來，手中熟練地動作著，我點的湯水餃也是他一個一個捏造出來的。我與他非親非故，而他手上的指紋卻那麼清楚地印在這個湯餃上，他在包水餃的時候，心裡思想著什麼呢？

母親為兒女做料理，我們會說有媽媽的味道；為情人做一頓飯，當然處處濃情蜜意。而這一碗六十元的牛肉湯餃，那人卻留下這麼明顯的痕跡，這其中難道有什麼……？一向對食物有特別潔癖的人，突然覺得一陣噁心，廢然放下碗筷離去。

小吃店

市井生活中最令我感動的風景是夫婦倆胼手胝足一起奮鬥的景象。市場的小吃店，很受大家喜愛的是一家夫妻檔的台南意麵。老闆娘笑臉迎人慇懃招客，丈夫掌廚揮汗如雨一身油亮亮埋頭苦幹，小店面經常座無虛席。

在意麵攤的斜對面賣沙茶魷魚羹的男子，不知道為什麼一直生意冷清，即使中午最熱鬧的時候，客人也是寥寥幾人，難怪那男子總是冷漠著一張臉，從不見他笑。

是生意的冷熱影響人的心緒，還是人的心情影響生意？曾在下午清閒的時段，看見那老闆娘站在櫃檯後，因無事而發起呆來，竟頗有馬內畫筆下酒館女侍的風味。

老人

枯瘦的老人，帶著不知道那裡的口音，像是喃喃自語又像和那肥胖操台灣國語的菜販爭執。她慢吞吞地打開錢包，謹慎拿出幾十元給菜販。拎著一把菜，口中還不停說著什麼，她雙目睜圓充滿水分，眼珠混濁遲滯，有欲哭而不能的悽愴。

她走得極緩，兩腿在過大的褲管中如風打窗帘般擺動。菜販高分貝的談笑，似乎嘲弄著老人的遲鈍與無依，卻忘了在時間老人之前，人人一律平等。

流動攤販

市場的周邊不例外地圍繞著各式流動攤販。賣水煮花生的熱蓬蓬地冒著水煙，賣什錦水果的水淋淋四處滴水，也有十來歲的小女生滿口江湖氣地叫賣著什麼，賣衣服的攤子則沿著牆壁掛起形形色色的衣飾。

遠遠看到髮茨衣袂飄揚的著名女舞蹈家逶迤走來，忽地，她轉頭停在那衣攤邊，看了看，粗嘎的聲音：頭家，這一領多少？霎時，心中一個偶像摔落下來。其實，可笑的是自己，舞蹈家也是凡人，一樣要穿衣吃飯的。

一次夜晚走在巷子裡，可能是警察來了，攤販有如逃災的難民，帶著家當四處竄逃。賣豬血糕的婦人，弓著身子勉力拉著攤子，像一頭牛。後面一位穿短裙、高跟鞋的妙齡女子小跑步追過來：頭家，我要辣一點啦！

麗日

在街上偶見穿著連身裙不疾不徐騎腳踏車的女性，她們或許是上市場採買，或許回去隔了幾條街的娘家，或許去孩子的學校去銀行辦點事情，總之料應都是不緊不慢的事務。由於用了一些力氣，鼻頭微微出汗，停妥車，拿了洋傘、提包和其他什物，神情端莊又嫵媚，從容地走出我的視線。她們的身影在一片煙塵市聲之間，顯得不爭，篤靜，儀態一如飛過田野的白鷺鷥。

那一如白鷺鷥飛翔的身姿美極了，總會激起我的戀慕之情，彷彿她們是久違的親人、姐妹，也彷彿是舊時衣裳帶著樟腦丸的沉香撲鼻而來。在老家有幾位姑姑和表姐，未出嫁前都已學會裁縫，長輩們為了不讓女孩子承受農田裡的粗活，總會買縫紉車讓她們學一門手藝，做為將來的嫁妝。她們謹守著閨女的身分，把自己收拾妥當，髮絲不亂，衣裝整潔，在飄漫著電熨斗氣息和布料味道的房間裡，低眉斂目把裁縫車踩得吧嗒吧嗒響，將一塊塊柔軟如夢的布料裁製成一身美麗，為別人也為自己。而我們小輩經常鑽入縫紉車下面，蹲在那裡挑揀夢的遺跡，久久不出來。對待小輩，她們不同於祖父母和父母，別有一分親近的溫情，縱容我們像貓狗一樣膩在她們腳邊打滾拉扯搶奪碎花布。

常常穿著碎花衣裙的姑姑表姐們，就像電影《戀戀風塵》中的辛樹芬那樣，常常低垂著頭，如花朵般沉默，而兄長說話的口氣也和阿遠一模一樣，永遠以責備的口吻代替呵護，拙於表現在言辭上的，只洩露在他們輕微的行動上，彷彿那關愛有千斤萬鈞重，難以輕易啟齒。她們具體的形象，我們也可以在老畫家李梅樹早期的人物畫像作品中看到，比如我偏愛的〈農家少女〉、〈麗日〉、〈秋實〉中堅實的女性，在在散發出一種渾厚溫婉的氣質。〈麗日〉中迎著光的紅衣最奪人目，但那沉實的紅中含著一股篤靜，並不張揚，白蕾絲的飾領平添了女性的韻味與風情。紅衣女孩手挽一籃滿滿的番薯，力量正汩汩而生，如煌煌麗日升起。她平穩沉著的目光與身姿，是宜室宜家的生氣俊朗風範，足以承擔日後種種好或不好的日子了。

李梅樹畫作中的人物原型多為子女，或三峽的鄉親友人。畫中的女子或身著洋裝或襯衫，紐扣從第一顆規規矩矩扣下來，帶著些微土氣的高雅，一身像鄉村小學教師所穿的衣裳。畫中連空氣也有著一種老時代的溫潤感，靜謐，人物溫婉敦厚宛如一塊璞玉，沒有一點驕矜與傲慢。我曾經目睹幾位男性友人在談及女兒或看著女兒從眼前走過時，他們的臉龐因為那充滿愛意的眼神而浮煥出動人的光影。想必畫家也是帶著這等的專注與熱愛的目光注視這些女子，畫裡因而每一筆都是憐惜，都有著鍾愛，彷佛畫家是如此驚艷，乃如此珍惜青春的短暫易逝。

如今再回頭慢慢看，看了又看老畫家的少女畫像，有些遙遠了，又有些親切，我感到自己彷佛是從一個曾經的久遠時代歸來。這些女子畫像在此刻看來，還有著什麼意味呢？我似乎是想藉畫作提醒自己，勿忘那樣曾經存在過的女性的美麗。

便當

每天，我帶便當出門。

便當是前一天晚上做的，晚餐時我一邊吃飯，一邊把飯菜裝到便當盒。一碗的飯量，鋪平，然後是肉，魚不腥的話就帶一些，再來是青菜，裝得滿滿的，幾乎看不到半粒米飯，可說是裝填得非常扎實的一個便當，旁人都說看起來像建築工人的便當盒。我是那種先吃飽喝足了再做事的人，帶著一個充實的便當，會讓我一個早上都心情好，覺得今天有再多的事情也有力氣去做。

幾十年來都這樣，中午，捧起蒸得熱騰騰的便當，在空蕩蕩的辦公室或者是現在一個人的空間裡吃著，不鏽鋼的湯匙刮擦著不鏽鋼橢圓的飯盒，咀嚼中彷彿還感覺到小學三年級輪值日生時，獨自在教室裡等家人送便當來的餓。那時候，很餓，很餓。直到父親騎腳踏車滿頭汗送便當來，一個只有魚脯，還有一點別的什麼的簡單便當。我仍記得那一天陽光的亮度，空氣乾爽沒有一點灰塵，在空空的小學校，靜靜的教室裡我吃著便當，父親身上的汗酸味依稀在陽光中蕩開來。

日後，我總是一個人吃便當，不和同學同事圍在一起互相挾別人便當裡的菜和魚肉，我的便當就只屬於我。

有時候把湯匙收放在便當盒裡，走路快時就發出金屬互相碰撞匡啷匡啷的聲音，那是小學生放學後拔腿奔出學校的聲音，是小男生回到家一秒不差甩下書包衝出門去的緊迫聲音，是快樂的聲音。我滋味著這種孩童式的快樂，一去不回的簡單的快樂。於是星期一到星期五，天天都是便當日。

當然也有像要背叛什麼似的讓自己脫軌而去，去吃吃潛艇堡或是白饅頭抹豆腐乳的時候，但是我的胃無法感到滿足，一下午老覺得身體是虛飄的，心裡也不踏實，就像忘了做一件什麼事情一樣。和朋友去餐廳吃飯，看到一盤炒青菜叫價二百元，我心裡嘀咕著去市場買一把青菜只二十元哪，這時候我才深切明白自己已無可逆轉地滑入家庭主婦的境域了。

夏日街頭

來到街頭，熱氣從四面八方攏來，人便無聲無息滑入這團氤氳裡，像嵌在果凍中的果肉一樣難以動彈。一陣風砂吹過來，粒粒清楚地打在手腳和臉上，痲痲刺刺，使人懊惱紊亂起來，只感覺到大片日光炎炎的燠悶溼熱，地球像是跌到太陽裡去了似的，蒸氣騰騰，教人無所適從。

約好看屋的仲介，便是一個渾身蒸氣騰騰的人，無趣的一雙老鼠眼骨碌骨碌轉，打量著我們的臉色，你可以聽見他體內的計算機隨時滴滴答答響著。即使是三十六度的高溫，仍穿著白襯衫打領帶，他的背後已經溼黏了一大片，並不時抬起手臂往臉上抹汗。手上一大串鑰匙叮叮噹噹，皮鞋在空屋裡橐橐響，隨著他對房屋誇張空洞的讚美詞撞向牆面，折回衝向我脆弱敏感的耳膜。空洞洞搬空的屋子，角落裡仍殘留前居者的氣味和污垢；那些還有住人的房屋，你一踏入便覺得自己無端闖進別人的私密空間，一樣令人心裡不舒服。

不舒服的感覺，讓我因挫折而憤怒地奔出，回到強光下的馬路上，踩著破碎的路面，也踩著破碎的生活想像。我原以為一間房屋就是一個家，是長久的，安穩的，是遮風避雨的安樂的窩，花花草草也有地方可安頓。哪裡想得到房屋也可以變成一件商品，像衣服，不喜歡就換一件；像某種投資，增值就賣掉。於是，「老家」對孩子而言早已成為抽象的想像，我們成為都市的遊牧族，「家」可以是天馬行空的「綠中天」，也可以是「天闊」，更可以是「普羅旺斯」。

這些高樓在太陽強光底下，幻化成一面又一面的高牆，聳立在我的身邊，反射著刺眼的強光。我呼吸困難，四周似乎聳立著一叢叢荊棘，仙人掌。在高牆的上方，隱約可見巴掌大的天空。恐慌感自沒有青苔的高牆一點一滴滲了出來，窒息的空間，暈眩的日光，令人厭煩的看屋，無言以對的房價，加上只能默默忍受的苦熱，讓人打了個寒顫，我怎麼會在這裡？又怎麼不會在這裡？有來由地我猛然感到一陣陣的不耐與憤怒，只能不思不想地走動，路上的一切都在拚命往前衝，人啊，車子啊，季節啊，時間啊，都拚命往前衝；無力感越來越強烈，想要留住一點什麼，卻是一點辦法也沒有，如同將手伸向那堅硬冷漠的牆面，什麼也抓不住。

如果將那些高樓房價的鈔票堆起來，恐怕也要像這些牆面一樣高吧。然而有一雙看不見的手仍不停地疊高磚頭，這牆面既陰險又不友善，一點一滴攫取你的快樂，你的力氣，你的人生。售屋人員佔滿了街角，他們面帶笑容，彎腰鞠躬；粉紅鮮黃的小廣告貼在任何看得到的電線桿、柱頭圍牆上。這一切我都不願再多看一眼，只想要快步離開，離開這荒漠般空乏的城市，什麼都不要再看見。

我也不願意再多看路邊的房屋看板人一眼。是什麼人，什麼時候創造了這種工作。在路口，一個活生生的人扶著一片廣告看板，紅燈時他便走到路中間，告訴你：往前一百公尺，君臨天下。綠燈時，他退回路邊，以柱子之姿站定，往前三百公尺右轉，美麗人生。看板人似乎被太陽烤熟烤焦了，像薄肉片又乾又脆，恐怕再也榨不出一滴油水了。他們面無表情，被物化成一則房屋廣告，宛如一張沒貼牢的廣告單，一陣車潮湧過，流動的空氣便掀起一角搧動幾下。這個工作是如此毫不遮掩地裸露著令人恐懼又殘酷的生存侷促與困境。我只能盡量迴避那些滯澀的眼神。

但我的眼神不經意瞥見騎樓下服飾攤子的大穿衣鏡，看見了我自己。我站定在鏡子前凝視了一分鐘，沒錯，這張臉屬於我，我卻一點也不明白這張臉的內容，甚至說不出這張臉是美是醜。我早已不在意美醜，現在我毫不退縮地審視臉部的風霜痕跡，希望它還有一點什麼質地。目光順著汗水往下端詳，眼神是空泛而呆滯，眼睛四周的腫脹浮現了生命的荒蕪和徒勞。我再無力往下看，這無神的雙眼如此曖昧恍惚。這並不是我想要的臉容，這裡沒有強烈新鮮的神情，僅有的是淡淡矇矓的厭倦與蒼老。在這鏡面上，不近不遠處還有被建築物切割的破碎天空，每個窗子都掛著鐵窗的公寓，雜亂的招牌看板，沒有一絲絲綠意，彷彿經過了一場巨變的炎涼荒漠。我想參解這鏡面的訊息，而浮光閃爍，這思索太令人疲倦。

也不只是疲倦而已，荒謬在鏡面裡埋伏，荊棘，仙人掌，多刺的嘲諷，映在鏡裡的牆面更顯得陰險又不友善，它以瑣細的方式一點一滴攫取你的快樂，你的力氣，你的人生，終於使你疲倦，衰老。鏡子正以嘲弄的目光看著我的逃避，燥熱。

四月淡水

整個三月，台北盆地浸泡在霪霪的雨水裡，像個大型水族箱，人們魚一樣在其中泗泳，空氣霉得要長出菌絲來。大家開始懷念太陽，暖洋洋的陽光，要能曬曬棉被多好啊。到了四月，太陽終於懶懶露臉，翻身滾過軟蓬蓬的雲光臨大地。空氣猶帶著雨水的溼，踩著陽光的腳步，搭捷運一路輕便到淡水。

許多年前大學迎新活動的史蹟源流導覽，林衡道老先生風塵僕僕帶領我們一群歷史系新鮮人前往艋舺、大稻埕、淡水等地方「古蹟巡覽」，甚至遠征宜蘭頭城。那時候搭往淡水的火車，搖搖晃晃經過士林、石牌、北投再到關渡紅樹林終於到了淡水，時間長得夠一群年輕人醞釀出些許「懷舊」情懷。林老先生手上總提白蘭洗衣粉的塑膠袋，拄著黑雨傘，龐大的身軀熊一般地在古式建築中穿梭。如果有人不知輕重，走在老先生的前面，冷不防地屁股上會被他用雨傘戳一下，斥道：走到我後面去。

開發有三百多年歷史的古鎮淡水，如今一點也不顯古了；人們喜用鮮麗的商招、閃亮的櫥窗編輯所在的城鎮，觸目所及的麥當勞、寶島眼鏡和阿給、魚酥，與全台其他城市並無二致。市招在陽光下閃爍著欲望與多餘的脂肪，在往前追求的時候，誰願意去思考歷史。

陽光還是三百年前的陽光嗎？閃耀在水面、在樹葉、在花朵、在石階、在人的身上臉上，陽光讓淡水變成一顆鑽石，每個切面都閃閃發亮。先生有高必登，小女有章就蓋，我則是有椅就坐。三人各自忙著在春光中尋找個人的樂趣。

沿著河堤走，岸邊的水聲微乎其微了，毫無樹蔭的堤道上充滿熱帶氣候很台灣的市集氣息。燻煙蒸蒸烤香腸蝦捲的、看來並不清涼賣冰水的、射充水氣球的和鋪在地上套娃娃的一攤挨一攤熱鬧著。我不禁要認為這些攤販是台灣的一支遊牧民族，南自恆春北到淡水，沿途的旅遊景點上，必有他們逐人潮做生意的身影。他們有著相同的血脈，臉面因日光而黧黑，因風雨而粗糙，身上的汗斑和地上的污漬一樣，永遠擦洗不掉。

在紅毛城的展覽「一座島嶼的故事」，它說：「台灣是個島，島邊皆是水，若要到台灣，一定要過海。」數百年來漢人陸續移民渡海來台，葡萄牙的探險家經過台灣的海面，脫口讚嘆：啊！福爾摩沙。然後是西班牙人、荷蘭人駛著巨輪，停泊在島嶼的港灣，鹿皮、樟腦、茶葉滿載而去。

當年的滬尾可也像如今一般繁忙擁擠，假日人潮推著我們不斷往前走，眼睛在每個展覽物件上停駐不到五秒鐘。恐怕人們是為追隨陽光的溫度，誤入歷史陰冷的角落。展覽牆壁上，東印度公司蓄長髮、圍著蕾絲邊領巾的男人們正在開會；人流中再回頭看，他們也看著我，臉上沒有表情，只有一種堅定的意識，台灣豐富的物產實現了他們的欲望。他們與我之間似乎漂浮著什麼？是三百年的時間，是荷蘭到台灣的距離空間？或者說是「歷史」。

善於瞭望的海員的眼光，當他們站在紅毛城的城垛上望著淡水河出海口，心裡會想著什麼呢？敵船何時出現？故鄉的女人是否還等候著？或是何時再出船尋找下一個福爾摩沙？

十七世紀，荷蘭的黃金時代，他們有畫家林布蘭和維梅爾和滿地的鬱金香。林布蘭終其一生不斷地自省探詢、描繪自己的面貌，他各個時期的自畫像，記錄他一生的心路歷程。維梅爾畫台夫特的街道，紅磚砌成的牆面留下歲月的痕跡，傳達著無時間感的寧靜。陽光就像今天的陽光一樣純淨、細潔。我們的感官幾乎可以感覺到維梅爾畫中街角滋潤透明的空氣，安全令人愉悅的生活空間。

但是我要如何探索十七世紀以來的台灣呢？歷史挽留了什麼？寫在史冊上的改朝換代，一六六二年鄭成功驅逐荷蘭人，一六八四年正式納入清廷版圖，一八九五年甲午戰爭，一九四九年國府遷台……。歷史總是記載戰役、日期和英雄的宣言，而我更願意去回想女人埋頭踩縫紉機的身影、農人匍匐田地上的姿態。我寧願去想像林地上梅花鹿的跳躍奔跑，想像在植滿高樓的山坡地上曾經遍地的樟樹、茶園，淡水港口帆檣如何林立？戍台怎樣夕照？

炮口如眼，日日凝望夕陽燃燒成灰。古滬尾今淡水，古今區分的界限、時間的遺跡早已消弭在陽光，風裡。「若要到從前的台灣，我們只要過心中的海……」此刻，陽光和風和我同在二十世紀末的淡水，沉默的大山依然如觀音傍著淡水河，梅花鹿、樟樹和過往的一切，仍然在籠罩著濃霧的遙遠心海……。今天在這裡，我熟悉的不過是陽光、春天的風和咖啡的香。一面吹風一面曬暖陽，我的歷史懷舊實在不應該超過一杯咖啡的重量。

理想之庭

小時候，第一次看見〈有香蕉樹的院子〉，我便記住了這幅畫。不記得是青果合作社還是農會贈送的月曆。那個畫面彷彿熟悉又有些異樣，但無論如何那兩棵香蕉，啄食的雞隻和畚斗，婦人的姿態，我是再熟悉不過的了。畫中婦女的大襟衫是阿祖那一輩人穿的衣裳，上了年紀的婦人通常穿玄色衫褲，洗得有些褪白，顯出棉紗素樸的質地，觸摸起來也像老人的涼涼柔柔的皮膚。

在涼涼柔柔的香蕉綠蔭下，童穉的眼睛，張看著，如同陽光一樣無有差別，只是喜歡。畫中婦人腳步輕輕擦過地面，隱隱約約家常的應答話語在流轉。似乎有一兩聲鳥雀鳴叫呼應著雞隻偶爾的咯咯聲，小狗賴在陰涼處貪睡。香蕉的大葉片搧著涼意，依稀是日日午睡醒來聽見什麼人在走動，什麼人低聲在談話。人聲，一如陽光，驅去了午睡糾纏的夢魘。那畫家將鄉村的某一處畫上畫布，然而童穉眼睛裡還不明白畫裡有些什麼異樣於現實的一角。

在現實的庭院一角，清晨時分，每週會有賣日用雜貨的婦人，搖著皮鼓，停下她的腳踏車，後座架著一座隔著層層細格的木櫃，宛然一座流動的百貨公司，細格裡擺著明星花露水、痱子粉、毛巾、香皂，紐扣針線，層層美麗繁華，看之不盡，卻是小孩相隔咫尺但手不能觸的琉璃世界。那婦人是鄉間流行時尚的傳播者和歸納者，姑姑嬸嬸們圍著貨車，謹慎細細挑選一針一線，計較著一元五角錢，卻又流連不忍離去，可是廚房裡的爐火，屋裡的嬰啼，聲聲呼喚。更熱鬧的是過年過節前，家家在石磨旁順序挨粿，一身是汗，鍋爐蒸籠水煙沸騰，四處木屐叩叩叩，雞鴨貓狗為閃避人的腳步匆忙逃竄，那有香蕉或含笑或桂花的庭院，一時色香味俱全。

有時出嫁的姑姑們回娘家來，大家聚在庭院涼蔭處聊天，時而她們敘說生產過程的慘烈驚險，卻又說得那麼興奮神采飛揚；時而也壓抑著聲音談說婦女病，我挨在母親身後，聽得驚訝又駭異，那是我接受到的健康教育第一課。她們也說起在外鄉的生活，那些九塊厝、鴨母寮、大車路、阿里港云云的陌生地名，聽起來熠熠發光，因著具體事物與動物的形象，彷彿藏著古怪奇異的故事，我的小世界也因此變得寬廣有趣了許多。

直到許多年之後，再見那幅畫，是在台北市立美術館。隔著層層玻璃，還有太亮的鹵素燈光，整個畫面反光爍爍，彷如一段記憶，被切割下來，放在強光下檢驗，熠熠生輝卻形象模糊。這時才認識了本土老畫家廖繼春。這幅畫是他在一九二八年入選日本第九屆帝展的作品，據悉此畫取景自他在台南住家的院落。同時期還有陳澄波、陳植棋以台灣風光為題的作品也入選帝展。或許在日本人的眼光中這些畫作帶有南國情調的風景，於我，卻是切身的生活場景，閃爍著生活的光影和鄉思。我在畫作前或左或右，或前或後移動，試著避開散亂的光線，要找出一個適當的看畫角度，有如久違的故人，一時找不到對話的切入點，在一陣支吾退讓之後，終於相視而笑，以一口熟悉的鄉音敘談。

畫中，彷彿是初夏的溫度，空氣是乾淨清爽的，如同晾在竹篙上輕微擺動的衣裳，雞喙輕啄日光，淨爽的地面咯咯回響。彷彿午寐之後，人還有些慵懶，動作有些遲疑；而人聲悄悄，但目光互相牽動，左方的婦人手中或忙著剝花生，或者揀豆子，目光望向右邊的兩人，不動聲色等待著一次話題的發生。流風輕輕襲過，而那陽光，有些傾斜了，薑黃而清亮，斑駁的牆面因為陽光照耀而有嶄新的容光，香蕉葉因承載陽光而輕輕搖擺，而整株香蕉樹沉靜得幾乎要散發出香氣了。地面樹影交錯，一閃一爍之間顯得善解人意。也許是光線和陰影與時光交揉沉澱，畫中顏色顯得醇厚，赭紅的地面，深綠的蕉葉交織出屬於島嶼南方的色澤。

看過形形色色且中年世故的眼睛，我已不再追求視覺的新奇震驚，更喜觀看順眼順心的作品。就像在讀過佈滿刺鐵絲網般句子，拗口又聱牙的翻譯小說之後，需要讀讀唐詩宋詞來順順氣。儘管在無數的院落中，其間有婆媳的齟齬，有妯娌姑嫂的家常是非，心機耳語暗湧，流長蜚短波動，時而潑辣，時而苦澀，幸有這樣一個院落涵容疏通，所以大有餘地。一個日夜過去，風波便遠了。

風波遠了，太陽依舊照在院落裡。蕉葉陰影下老人踽踽走動著，閒中仍然忙碌，有人要帶孫子，有人照管菜圃，有人豢養大群豬雞鴨。即使在忙碌，路過誰家門庭，也能意態閒閒停步說幾句話的。都是日常問答，都是家常事，也沒有什麼事，話說起來卻是駢散頓挫有致，句句有柴米油鹽的細節，聽來真教人心喜。老人，最不宜一個人生活了。

一個老人守著一間屋子過日子，最是清冷了。如果，如果有一個理想的庭院。

朋友的母親老年罹患了憂鬱症，她認為，如果有那麼一個院子，能讓母親和親戚友朋聊聊天，說說話，病情大約就可好上大半。久住的都會公寓、電梯大樓，彷如冰箱，拉開門，琳瑯而燦亮，關上門，裡面黑暗，冰冷。我在想，〈有香蕉樹的院子〉彷佛古早田園牧歌的竹笛聲，活在其中自然而然生出一種堅韌的生命力，這也是我經歷長久的生活磨損之後才有的領會。因而特別想念那樣一個有人情溫度的鄉村院落。

石膏像與坦克車

大家圍著圓桌熱烈討論要開闢新書系、採用什麼版型，也為了書系的取名而煩惱痛苦。這件事似乎攸關編輯室的存亡，看著同事凝重的臉色，她反倒成了旁觀者，不冷也不熱，一個沒有聲音的人。

下班的時候，往往已經肩膀僵硬，兩眼痠澀，對於周遭事物不再感到興趣。於是像個上了發條的機器人似的，天天在同樣的時間做同樣的事情。行經天橋時，有時會遇見那垂著頭的流浪狗，宛然看到自己的影子一樣，讓她不禁啞然失笑。三年前任職的雜誌社突然停刊了，在當時可說正好放下難以承受的壓力，事後卻像石子投入湖中，激起的漣漪無限擴散，變成無可收拾的創痛。最後她就像夾著尾巴的狗一樣，草草逃離。

來到這家出版公司做編輯，除了工作的進度之外，日日的內容幾乎一成不變，整天懶洋洋地沒有生氣，像個廢了武功的人似的。她想就這樣安安靜靜地度日子吧，再也沒有什麼事情可以讓人眼睛發亮的了。

鎮日伏坐編輯桌前有如無血色的石膏像，只偶而起身倒茶去廁所。記得美國藝術家席格爾（G. Segal）的人體雕像嗎？那種剝奪了生活情趣，只有機械性反應的白色石膏雕像。在來往茶水間的途中，她想起來都要心驚，自己簡直就是從他作品中走出來的人像嘛。

年輕有為的C君，做起事來轟轟然像坦克車一樣向前衝，任何障礙都將淪為車下亡魂。她講話大聲，行動有力，視工作為生活中最大樂趣，恨不得編輯室裡大家和她一樣「熱」在工作。

她的名言：「你想做什麼書，就要去ㄠ來做啊！」在她眼裡真正是天下無難事，就怕有心人。

初來的時候，大家相處融洽，互相討論，好像是可以一起做事的人。不知道從什麼時候開始，為了什麼事情，彼此之間只剩下基本禮儀的打招呼。每天早上總是晚到的C君，一進辦公室先是嘖嘖有聲地吃起早餐，邊吃邊看E-mail而咯咯大笑不止。大家也不便作聲，當作是坦克車輾過路面要刺傷耳膜的傾軋聲響罷，都市人維持和平的禮貌。

C君的存在強而有力甚至儼然已成為一種壓力，宛如她深度近視眼的網膜上飛繞著的飛蚊一般，揮之不去。她唯一的對抗便是漠視C君的存在。然而C君斜睨的眼神，銳如針刺隨時都要傷人的神經與自尊。她也暗自猜想，是自己的冷淡傷害了C君的激情嗎？誰知道這「淡」字，是水在火上的煎熬啊！

戰火終於點燃了。為了看一份DM的校稿，她和美編還在商量著看稿的時間，性急的C君馬上跳出來：「明天我來看好了。」隨後又加上一句：「這到底是誰該做的事？」

她愣住了，一時腦門充血，誰要妳來？怒氣震開石膏外殼，她拉開喉嚨，以未有過的高音吼出為自己辯護的言辭。你來我往的言語對陣，石膏像如何與坦克車作戰？

但她慶幸，終於掙脫重重的石膏模，找回生氣。

有你同行

你問我記不記得有一首老歌：你，何必要說苦，何必要說苦，快邁開大步找尋你的幸福……。當然記得了，更明白你提起這首歌對於此時此刻的你我的意義。

多年來的職場忙碌生涯，除了在住家和公司之間移動之外，我對這座城市竟十分陌生，當我認真環視它時，就像小時候瞇起眼睛看萬花筒一般，而感到有些茫然了。你早我十年離開職場，但也是到了這兩年我放棄了工作，我們才有時間和機會從容見面，你帶領我重新認識這座城市，以及如何在這裡悠遊，於是我彷彿第一次去關渡平原北投公園，連西門町行走起來都新鮮充滿驚奇。

這些年我們都在努力地要殺出婚姻的重圍，生活的困境，在世俗的洪流中追求一點自己想望的東西，比如知識，比如寫作，以及心靈上的平靜，這樣讓我們兩人有了緊密的聯繫。我們不甘自棄，也不哭泣，走到了成為家庭中流砥柱的年紀，只能偽裝堅強走下去。

我們一起去散步，走長長的河堤步道，認識沿途的野花，談論著我們的追求所遇上的困難，臨風對著河面叩問生活的意義。我們引用書上的名句互相激勵彼此，比如：當你真心渴望某樣東西時，整個宇宙都會聯合起來幫助你完成。你談著在生活中所感受到的偶然與巧合，在你茫然無助時，你將之視為天啟，順勢而為。

你說：當幸福來臨時，端把椅子給她坐。因此，有時我們只是坐著吹風，看風景，不說話。我們將彼此視為生命中的貴人，在關鍵的時刻互相提點迷津。有時，我們相約在一處咖啡館，訴說著家庭絮語。這些年先是你公公患了癌症，料理過公公的後事，娘家的媽媽嚴重憂鬱症住院治療，回到娘家還得和長期臥病的兄長一番口角爭戰；不想不久之後，婆婆也出現憂鬱症徵兆，又摔斷了腿，丈夫宛如陌路……，事情一件接連一件發生，無可逃遁的責任橫陳於前，你的辛苦更甚於我。而我只是一個傾聽者，我們久久見一次面，我訝異你如何擁有那麼多的能量，生活彷彿就是為了去應戰，面對生死無常的變故。你只是笑笑，自嘲自己是孝女白琴重出江湖。我也笑了，我知道，面對困阨迎上前去的勇氣，你更勝於我。

我們有時一起去書店，一同在知識的大海裡打撈，而你是勤快的漁夫，懂得織補有漏洞的漁網。你讀存在主義，讀榮格、羅洛梅，也讀佛經抄經，你說因此更能坦然接受自我的不完滿，生起「小著自己的小，亮著自己的亮」的勇氣。我們寄望在生存的酷寒與炎熱以及殘忍中再尋得一點點美的滋潤，但是一回頭，那些令人受氣受困的情事又撲面而來，你竟發明了一種跳躍的方式來提振自己，你說好不容易從怨中產生覺，但要從覺中再跳出來，得要多跳幾次，多做練習，總是可以少些人事的沾黏。

而我一直在家庭的人事糾葛中滯黏不前，找不到一個跳脫的好方法，你告訴我：給別人一個舞台，也給一個台階。我忿忿不平，難以接受也沒有聽懂，我的莽撞，我的愚蠢，要等吃了苦頭之後才懂得這句話，從中領略出一點凡事留餘地的寬厚。除了要改造環境，也需要改造自己不是嗎。我們互相傾聽，彼此打趣，笑說我們是苦情姐妹花，說著談著，一念生一念滅一念轉，自我感覺變好，外境也隨著轉。

當我訴說處於無業狀態中不可免的自我否定與焦慮時，你說你很熟悉那種感覺，並以過來人的經驗說：不要苛求自己，再給自己一段時間，因為有時候就差那麼一點時間的等待，我們就可以把自己推上另一個階段。沒錯，我們認真要把日子過好，有時太用力了反而把日子過壞了。在我慌慌然不知所以的時候，就約你出來說說話，交換近日所思所得。我們努力要在家庭肥皂劇之外，尋找如何以不同的角色或是新的角度來看待世界，可以讓心情輕盈一些，也在尋求超越困境向上提昇的力量，藉以釋放自己。而你總走在我前面，而且不吝惜與我分享其中甘苦，給我借鏡。如果說，我沒有被這一切擊倒，在我虛軟無力的時候，一定有你相當的善意的支撐。

我習於窩居不愛走動，每每在我思緒散漫成災時，你的邀約是一隻強有力的手，即時將我拉出或是出於想像的或是人事傾軋的泥淖。原本相約暑假去花蓮旅行，我卻又因手邊的工作放棄與你同行。你卻一直很有力氣再去碰撞，希望找出快樂生活下去的理由。從花蓮回來，你說去補充了元氣，回來才有力氣去愛別人，一切也變得比較可以忍受。你懂得保護自己的性靈，善待自己，善待別人。

這些年在婚姻中孤單無援，你我都不願再把自己當作牲禮獻給家庭，現在你已經慢慢找出未來可以停留的點了，我從你的樂觀中看見了勇敢，你說：有路可走的感覺真好！而這些日子有你的陪伴，我要輕聲對你說：有你同行真好。

菜刀與砧板

我有一個執念，牢而不願去破的執念：一家人就是要圍著一桌熱騰騰的飯菜吃晚飯，那才是一個家。

你說新居的廚房這麼小，並不適合大張旗鼓地烹調。

可不是嗎？向來君子遠庖廚，所以從來廚房在家庭中的位置，往往是邊緣而黝暗的。而傳統中女人的生活重心，往往是在這爿缺乏陽光而逼仄的空間。儘管空間狹窄，我覺得卻比客廳、臥室更能展現女人的特色，女人依然能在這小天地裡活出最是她自己的面貌。源於農家簡單的口味，在廚房裡我只放了油鹽醬醋幾瓶調味料，三落大小碗盤、水壺和熱水瓶，極簡的風格。有朋友家的廚房則是高高低低各種各色的調味料瓶瓶罐罐，從廚房一路延伸到後陽台，差可比擬巫婆煉丹搗藥的洞穴，這也是女主人生活中的樂趣吧。

廚房裡又充滿創作的氣息，煮婦在廚房面對著食材時的思索，必然與畫家面對畫布、油彩，雕刻家面對石頭、木材時的思索一樣。雖說我每天下班後，左手右手提著一袋袋青菜魚肉，分秒必爭地衝回家，要在最快的速度下做出一頓有色有味又兼顧老中小營養的晚餐；又彷彿是對沒有情節日子的抗議似的，不能再忍受菜色上的複製，於是任性地加點酸、放些辣做起各種嘗試，並且當天想做些什麼菜，就一定要做出來，不然就好像無法給自己一個交代。有時在外頭吃了不錯的料理，便暗記下來回家依自己的方法實驗起來。但是食譜上有名有目、耗時費事的菜餚，像佛跳牆、繡球魚翅、五彩花枝什麼的，老子有道：「治大國如烹小鮮」，我要烹小鮮卻如臨大事，恐怕不是我等在工作與家庭的夾縫求一點烹飪樂趣的煮婦可以遊刃的。偶爾這種實驗一時失手，一桌飯菜的挫敗，就像走在路上才發現絲襪破了洞一樣，讓人既羞愧又沮喪。而我的得意是有時冰箱裡只有殘瓜剩豆、蒜頭葱尾，一陣思索、調配之後，照樣料理出一桌家常的菜色、順口的湯頭，充實家人的口腹。就像我偏愛的文章，平凡的字辭，組成平凡的句子，說平凡的事情，卻能感人淚下。

你翻開繪畫史看看，可以看到的是洗浴的女人比如竇加的〈浴盆〉、床上的裸女像馬內的〈奧林匹亞〉、客廳座椅上斜倚著莫迪里亞尼的美女、秀拉的公園裡持洋傘散步的貴婦如〈午後的大碗島〉，但不曾見過在廚房揮動鍋鏟的女人畫像。她們的形象就像鄉村牆角邊一叢無人會多看一眼的晚飯花一樣無奇，但其氣概有如揮動干戈的將軍在廚房的方寸江山開疆闢土，堅定如精算師一樣穩操勝券，我無可救藥地喜愛廚房裡穿著圍裙站在爐灶邊婦女的姿態。她們或炒或煎或炸，或蹲下添柴火，甚至跪著擦洗地板，你說那有多平常，就有多實在。而她們的任務也是實實在在的，就如母親、祖母操辦著家人的三餐，微微發福的形體，額頭上冒著汗，雙手油膩膩，油煙蒸氣瞇了她們的眼睛，腳步就在這微型王國裡踏前踏後，但在她們身上有一股安穩的力量，她們是滾滾紅塵中不設防的避風港。

做飯的時間，大同電鍋啵啵啵地叫餓，抽油煙機轟隆隆聲中，魚下熱鍋油滋滋噴爆音，拿取盤碟磁器清脆的響，伴著菜刀在砧板咚咚咚切得痛快，水龍頭嘩啦啦流著，跳躍著煮婦柴米油鹽醬醋廚房交響樂（當然，一肚子火氣的時候，鍋鏟撞擊的律動和輕重自然就不同了）。我想像著我的母親、祖母、曾祖母，還有世世代代曾經站在廚房的婦女，在必要的勞動之後，也曾有過那麼一剎那，從砧板上抬起頭來，聆聽這只屬於廚房和女人的聲音，平撫理順了紛擾的心緒，領受了輕甜微苦的生活氣味，心底掠過那麼一瞬間的喜悅，或許正因為這樣讓人覺得日子還可以過下去。

就在陣陣油煙瀰漫中，廚房又是母女的私密基地，女兒的英文、數學課業問題，是橫臥在砧板上的絲瓜，菜刀咚咚咚麻利上下滑過，abc和最小公倍數最大公約數和炒一盤薑絲蛤蜊絲瓜一樣快速容易。而少女們的戀情則是砧上肉，須一刀一刀細切，理路清楚，才不致牽連不斷。好啦，同學的故事說完了，肉絲也切好了，「那，妳也很可愛啊，有沒有男生喜歡妳？」「才沒有呢！」少女紅了臉笑著大叫，像熱鍋冒出來的一溜煙，跑走了。

煙燻火燎的小空間，卻是婆媳的角力場。一回在煎魚的時候，熱油噴爆出來，婆婆聞聲直奔進來，大聲嚷著：「哎呀！怎會噴得這樣滿四界？」馬上拿起抹布以寶愛骨董磁器之姿，蹲下來擦洗地板。哦～哦！原來我的皮膚比地板還要厚，不怕熱油、不怕炸。

而婆婆總以為她說一句：誰誰要回來吃飯，自然會有豐沛的雞鴨魚肉上桌。滿客廳的人坐著吹冷氣、看電視、吃水果，我一人關在燠熱的廚房奮戰。這樣的一頓飯，我很把它當回事，一道道的菜經過細細刀工、烹調、配色，盛放在合適的器皿上端上桌。當我煎煮完畢腰痠腿乏要坐下來的時候，圍滿飯桌的一圈人竟視我為無物，沒有人移動一下表示讓座，啊，是可忍，孰不可忍。你們還以為我會重蹈我母親、祖母那一輩女人的命運，要等眾人吃飽飯了媳婦才能上桌，嘿！嘿！再沒有這回事了。

誰在乎「長男的媳婦」的典範呢，我已經不再捨得把自己的時間用來為他人準備一頓可有可無的飯菜；我也不再願意把假日橫鋪在砧板上，讓無形的刀分割剁碎。我的愛不多也不少，恰恰僅足夠驅動我以妻子、母親的心情去料理一桌家常飯菜。當有親戚再臨門，你試探地以疑問句問：「要不要做飯？」我以斷然的肯定句回答：「不！」彷彿一把鋼刀剁在你如砧板的方臉上。

砧板上有時可怕如謀殺現場，一次要剁一隻雞，從第一刀的遲疑到後來渾然不覺地猛砍，殘破的肢體橫陳，充滿生腥味道，當我從麻木的狀態猛然清醒過來，宛如忽然發現自己殺了人一樣驚心動魄。有時一個恍神，菜刀切過左手食指指甲，或削下一小塊皮肉來，讓我驚覺自己是日日在砧板上切割生活。

常常我在上下班途中，腦海裡盤點著冰箱裡還有些什麼菜色，今天需要買點木耳、草菇之類來做配料，哎呀，蛋用完了……生活中不可承受之輕薄，一個不小心的碰撞，生活會不會也像雞蛋一樣散了形？滿街滿路的吃食店，我何苦每天下班提著一斤肉、二斤青菜、三斤疲勞急如星火的趕回家做晚飯，給女兒準備便當？曾經在報紙上讀到一位小學校長提倡小朋友自帶飯盒，他說媽媽準備的飯菜肯定比外面的大鍋菜衛生乾淨，這話深得我心，只是要累壞做飯的媽媽了。吃過晚飯，有時女兒被連續劇吸附在電視機前面，我問女兒：「你要看書還是洗碗？」當然她飛也似衝回房間去，一如當年的我。小時候我娘在我流連電視機前不去時她總是這樣問，至今我才體會到母親當年在農田工作一整天之後的體力勞累何止數倍於現在的我，而這一切也都只是為母者的一片癡心罷了。

我的執念與癡心宛如廚房裡的砧板和菜刀，維繫著一個家庭的完整；然而在每一個家庭的廚房，也都有著一個女人幸福與不幸的故事，油鹽醬醋調和著女人的酸楚，再利的菜刀也斬不斷女人的情思。廚房再小，女人還是一直在這方寸天地繼續著幸福與不幸的家常。

輯四

秋陽照舊

痛啊

我有偏頭痛，生氣的時候、心情不好或是吹了風就痛。頭痛起來就像被一百個棒球打到一樣，扎扎實實的痛，痛得我想撞牆，痛得我想把頭剁下來丟掉，痛得我想放聲大哭，奇怪的是又如何也哭不出來。即使變成石頭，我想我的頭還是一樣痛。每當我皺眉頭繃著臉，別人問：你怎麼了？我沒好氣地說：我在頭痛。於是他們不痛不癢說：好可憐啊！唉，是我可憐呢，還是我的頭可憐？

可憐的是藥石無效，醫生也搖頭。醫生說：偏頭痛有時候和壓力、情緒有關，有時是一種幻覺，要多休息，放輕鬆。有時夜裡躺在床上忍受頭部的劇痛，腦海裡往往浮現一道道紅通通的血管，千度高溫的滾滾熔漿不知流向何處的幻象。頭痛又如一記悶雷，自腦海深處轟隆隆滾過來，更像千百隻大象狂奔踩過腦部的野地，痛感隨著心跳的頻率千斤錘一樣重擊腦袋。痛啊。

相對於暴烈的頭痛，胃一旦鬧起痛來卻是幽微的。胃痛時我只能微曲上半身捧著肚腹，像對命運俯首一樣行走。每天，一進到辦公室，我的胃便開始緩慢地綿密地幽幽微微痛起來，彷彿有一團黑影，慢慢淹沒全身。截稿日、銷售數字、部門盈虧，一團又一團的陰影，像厄運一樣漫過來，加重胃的墨色。

於是，我像一支湯匙蜷伏在桌上懺悔，是的，我錯了，我不該對工作、對生活感到焦慮，讓胃承受已知的沉重而悶脹，走在試探未知的最前線受刺傷。

日復一日的疼痛，反而使我逐漸清明起來。儘管經常痛到滿床打滾，我再也不吃止痛藥。一顆小小白色藥丸只是煙霧彈，模糊掩蔽了痛感，但頭部與胃毀滅性的地下革命正四處潛竄搞破壞。我堅強地告訴自己：要放鬆，對，放輕鬆。

沒有什麼大不了的事情。

街燈下

熱烘烘的黃昏緩緩降臨，街燈亮起。捷運站前的公車站逐漸湧入各色人流，來來去去。街燈明亮好似一輪圓滿的明月，周圍蚊蟲飛繞，照著底下一片色彩繽紛的彩帶。一陣又一陣車聲人語轟轟然升上熱烘烘的天空。

商店的騎樓下，一個眼鏡男向路過的女性伸手推出他的羊乳DM，殷勤地彎著腰，堆著笑問：「喝羊乳嗎？喝羊乳嗎？試喝看看。」上了年紀的歐巴桑懶懶地搖頭；中年女性不予理會一臉漠然疾走，年輕的小姐髮絲飄啊飄微微笑著搖搖頭；一個八九歲的女孩歪著頭思考要不要，媽媽說了聲謝謝牽著孩子便走了。眼鏡男低下頭嘆口氣，停了一會，握了握拳頭，尋找下一個目標。

茫然男站在商家門口明亮處，一手抱著DM，一邊以不太確定的聲音向路人開口：「喝羊乳嗎？喝羊乳嗎？試喝看看。」行人急著趕路，沒有人理會他，他怯懦的聲音像對空氣的喃喃自語。

茫然男繼續對空氣喃喃說：「喝羊乳嗎？喝羊乳嗎？試喝看看。」彷彿只要他說得夠久，等得夠久，就會有人買他的羊乳。在前方一片茫然中，忽然他眼睛一亮，看到騎樓的那一頭，有一對老夫婦慢慢走過來。老人短褲便鞋一副悠閒散步的樣子，瘦削的老太太看起來挺慈祥的，也許是一個可努力的目標。

「阿嬤你好，喝羊乳嗎？這真有營養哦，你要不要試喝看看？阿嬤！」老太太一直神思遙遠嘻嘻笑著點頭。茫然男有點不知道要怎麼說下去，慌張地抬眼看了看一旁的老人，「阿伯，要試試看否？」茫然男正準備倒一杯羊乳，老人先阻止了他。

嗯。這羊乳有什麼口味的？

「有原味、巧克力的，還有麥芽、草莓、果汁調味的……，每天早上七點前送到府上。每月月底結帳，次月初收款。阿伯，你若預付三千元就送你羊乳片和羊乳糖哦。阿嬤，這真營養又好吃哦……，你吃吃看……」茫然男忽地熟稔地背出所有的台詞，人也興奮起來，他拿出玻璃瓶想倒一些羊乳片，老太太也只是一直微笑著，並不伸出手來接。

呃，我老婆她有點……，嗯。少年也，看你這麼打拚，你是哪裡人？

「我厝在雲林啦，來台北才半年。阿伯，這羊乳真有營養呢，給阿嬤喝不錯啦，你給我交關一下啦。」兩行汗水從茫然男的兩頰滑了下來。

天氣這麼熱，你還要打領帶哦，不怕熱啊。

「還好啦，公司規定的嘛。阿伯，你訂一份試試看啦，好否？喝這羊乳真的不錯啦，對有過敏的人較好耶，又有營養，吃了可以活到百二歲。」

活那麼久要幹嘛！

這時，老太太低著頭一直要往前走去，老人也跟著往前移了兩步。茫然男見勢大步擋在他們前面。「阿伯阿嬤，你們試看咧啦，羊乳真的很不錯啦。」他一定要把握住這個機會，否則今天的成績恐怕就要掛零了。「阿嬤，你吃這羊乳片皮膚會變得又美又白哦，來，這個給你吃吃看。」老太太緩慢抬手接過羊乳片，像個羞澀少女似地放進嘴裡慢慢嚼著。難得老太太願意接受別人的意見，老人也想和茫然男多聊一點，聊一聊現在的工作和羊乳，聊一聊這種熱得沒天良的天氣，或者聊一點交女朋友之類的，什麼都可以，但一時他也不知從何說起。

「有好吃無，阿嬤。阿伯你看阿嬤吃得這麼高興，你就訂一份羊乳啦。不錯啦。」

老人覺得也無不可，他抬眼再看看茫然男，便填了訂購單，付錢。

走著走著，老人突然發現他們其實並不需要羊乳，她一向不喜歡羊肉羊乳的腥臊味。而他只是要有個人和他說說話，正常而平常地說說話。老人搖了搖頭，嘆了口氣，把羊乳訂購單塞進褲袋裡，陪著老太太慢慢走遠。

哈，這可是他第一筆成交的生意哩，得意的茫然男呆立著看兩個老人慢慢走遠，老人的背影讓他想起雲林的鄉下，鄉下的什麼人……熱烘烘的街燈照不清他的臉，他的臉色除了茫然，似乎又多了一點什麼表情浮上來。

蚊子

夜，房間裡有兩隻蚊。上上下下盤旋飛翔。趕緊拿起電蚊拍嚴陣以待，一副一舉打死蚊子的英勇氣概。這身長五六釐米的小昆蟲飛行速度並不快，但牠們忽上忽下盤旋忽左忽右飛竄，卻惹得我心狂火熱，口出穢言，不電死你就敗給你。

當自己察覺心中已充滿暴戾之氣，頹然退回座椅上，罷了，且看牠要如何猖狂。這孑孓蚊蚋在人人喊打的環境中，依然繁衍昌榮沒有絕跡，還能威脅人的生命健康，想來也非等閒之輩。

忽然，從遠而近由弱轉強，我聽到有如轟炸機的鳴響，卻捉摸不到牠的形蹤，就在耳畔四周，嗡——那種金屬質地的聲響喚醒一種久遠的記憶。

小時候，我很安靜，也很孤單。

我總是一個人，堂表兄弟姐妹多人，為什麼我一直沒有玩伴，我始終也不清楚。一到黃昏，西天黃澄澄像營養不良橘子皮的天光，浮在烏雲破處，鬼魆魆的天空，讓我想到盤古開天的混沌蠻荒，更要想到世界末日的荒蕪毀滅。孤單單的一個我，稻埕上沒有人，路上也沒有人，世上僅我一人了嗎？只有蚊子一團烏雲似的麇集在我頭上，緊跟著我四處移動，更高的空中還有燕子飛過。有時候和蚊子玩起賽跑，在曬穀場上繞圈子跑著，蚊子團像是倒映在半空中的影子，和我維持一定的距離，緊緊相隨，偶爾有幾隻脫隊，也會有新伙伴加入。有時跳高起來，也總打不到，蚊子高興得嗡嗡叫著「打不到，打不到」。玩累了，回到逐漸闇暗的屋子裡，蚊子用力嗡嗚為我壯膽，宛如嗩吶貫耳，有時候壁虎會突然叫幾聲，恐懼就像灰牆上龜裂的縫隙如蛇一般細細蠕動起來。小學三年級的自然課，一次老師講到宇宙的形成、星球爆炸之類的課程，我記得星球的毀滅是爆炸的原故。

那時候姐姐站在矮板凳上炒菜，我蹲在灶前燒火，灶坑裡火苗長長短短跳躍，想到白天老師講的自然課，推論到如果有一天地球也爆炸，那麼人類不也全部要毀滅，我的父母、兄弟姐妹也要滅亡，我害怕極了，怕得竟哭出聲來。

拿著鍋鏟的姐姐側過頭來問：「怎麼了？火燒到了？」弟弟還在一旁玩彈珠。你們都不知道啦！我轉身跑到門口，對著黑黝黝的大埕，放聲叫：阿～娘～

娘是我的最後堡壘，到現在她仍時時打電話來問我錢夠不夠用？然後順勢開始叨絮著誰家女兒考上高普考了，又有誰在那裡買了一塊會增值的山坡地等等，我一定把電話聽筒離耳十公分，那聲音就像空曠門牆內蚊子的嗡鳴一樣噬咬我的耳膜神經，叮痛我的精神。

這般蚊蟲叮咬的生活腫痛，就像夏日的疹子一樣，扎得你寢食不安。住家旁邊的空地上有三棵鳳凰樹，婆婆稱說樹木易招蚊蟲，每每有除之而後快的牢騷。我們在頂樓植花蒔草，婆婆又說種花草招惹蚊蚋，期期以為不可。在該保持沉默的時候，我總善於沉默。

鳳凰花開了，頂樓上的花事美麗之時，婆婆的姐妹淘來訪，她獻寶似地殷勤邀請客人賞花。不知道蚊子是否也懂得沉默？

是的，蚊子在清晨時分總是安靜的，飛起來也顯得沉重遲緩。這時候打蚊子特別容易，一掌下去卻往往一抹腥羶的鮮血，或許是誰的血和自己的血混合在這一隻小生物身上，此時又黏附在自己的掌中，不潔的嫌惡感油然而生。

對蚊子的嫌惡與防範之嚴格，莫過於姨媽。去姨媽家的時候，走在樓梯間就聽到開鐵門的聲音，等你快到四樓時，姨媽探出頭來，說：「快進來！快進來！」聲音猶盪在空氣中，木門隨即碰——又關上了。面對緊閉著的門，讓人不知道該進還是退？楞了一會，姨媽又探出頭來，「快進來！快進來！免得蚊子也進來了！」門還是盡可能要快快關起來地推動著。蚊子有如毒蛇猛獸那麼可怕嗎？

然而，蚊子可一點也不怕人的。儘管人類發明了各種蚊香、電蚊器，現在這種電蚊拍更是無往不利，蚊子的數量看來也沒有減少。在這斗室裡，兩隻蚊子便能激怒我，讓我感到看不見、擺脫不掉的存在。

深夜了，也只有這兩隻蚊子知道我為何未眠吧！就像無人陪伴的童年，蚊子陪我度過無數個黃昏，今夜，你們仍在我身旁，上下飛舞，那麼，就讓我們和平相處吧！

想要離開這裡

像我這樣在辦公室、廚房之間奔忙的職業婦女，總得等晚上十點鐘做完必要的事情後，才終於能鬆口氣坐下來，隨手抓來一本書。常常，這時候小孩的家長聯絡簿、作業本不早不晚、不偏不倚從天而降，覆蓋在我正要看的書上面。

像我這樣夾縫中求閱讀，又一向慣於亂讀的閱讀者，讀一本書總是要有一些預想不到的機緣，才能促使我拿起這本書或那本書。有時在報上讀到一段引文，或和朋友談到某種情狀，因此翻出《追憶逝水年華》或《紅樓夢》來讀個一小節。當然，我從來不可能畢其功於一役，讀完這樣的大部頭，其間往往又因為某種機緣，我的注意力又跑到其他書上去，不久這磚頭般的書就又被壓到書堆底層了。

就像近日，情緒的低潮一直徘徊不去，眼光無聊地在書架上逡巡了幾回，因為書腰上的一句話「想要離開這裡，到某處去」，點亮眼睛，擊中要害，對了，就是你——《日本之路》。

這本書在書架上已經站了兩年有餘，總是有其他更想看的書排在它前面，而為了這句話，我開始閱讀它。這本書是小林紀晴在結束亞洲周遊之後，持續一年在日本旅行的紀錄。旅途中，他遇見了生活與土地密不可分的人們：在故鄉生活以肌膚去感覺節氣的人、騎摩托車從鄂霍次克海、日本海到東海沿著海岸南至沖繩的旅行者、不用死魚餌釣鰹魚的漁夫、自信知道做什麼最能表現自己的男人女人、要守住地方人情的攝影師，以及重視人與人之間聯繫的酷酷髮型設計師等等。這些受訪者都很明確地知道自己要什麼，於是選擇了他們想做的工作、選擇了他們喜歡的所在。他們對生活的思索，讓人覺得那些地方有了這些人，就存在了一些可親與向上的希望。

小林紀晴自述這趟旅行，也許帶著自我確認的意義，我以為像《日本之路》這樣的書，是行動派的青春少年兄才可能完成的，竟也對像我這樣的中年上班族發揮了勵志的作用。而我從來不懷疑什麼地活到了現在的年紀，卻忽然對這樣一天又一天的日子、理所當然的責任，以及一成不變的路途懷疑了起來。

閱讀者總有興趣換個角度看看這個世間、看看別人、看看自己。那麼，如果試以小林紀晴的鏡頭，他會看到一個怎樣的中年失志的職業婦女呢？

是的，這位中年職業婦女，利用中午休息時間，「想要離開這裡（辦公室），到某處去」，於是她來到捷運車站。捷運列車進站時帶來強風，吹得人滿頭亂髮，這一瞬間不同於平常，彷彿也別具意義：要出發到某處去。她要離開這裡，離開一天待十個小時以上的辦公空間。雖然到淡水只有三十分鐘的車程，但是跳脫像隻旋轉木馬似地日以繼夜旋轉著的圓圈，也足以讓人期待了。

雖說台灣是個海島，但平常看到海的機會並不多。在淡水河邊，她暫時讓腦子擺脫預算、業績和計劃，離開了中央空調，肌膚體會河風的吹拂，聞著自然空氣的滋味，遠眺觀音山，看著在陽光下泛白的湯湯河水。台北都會也像一面海，人投身進去，或激起一陣漣漪，或形成一個水泡，載沉載浮幾分鐘，或者只是不著痕跡地融入龐大的海面。

「妳想過的是什麼樣的生活呢？」

「不就是這樣平安平淡的日子嗎？」

一個失去神采的中年上班族，中午時刻坐在淡水河邊吹風，這並不尋常。她想了一會兒自己，未來的日子可以想像還是一樣的乏味無趣，但她還有著許多責任，還有許多想做未做的事情。她還有一個夢。

該起來，回去上班了，回到日常生活中去。捷運月台上候車的乘客靜靜的身影臉容，好像這五分鐘、七分鐘是停止的，一切都不存在。直到列車進站的那一陣吹亂頭髮的強風襲來，她似乎恢復過來了。

閱讀，往往也是這樣：想要離開這裡（自身），到某處去。

秋陽照舊

你說：想要回士林的河堤、芝山岩去走走。

告訴我，你記憶了什麼？

你說：士林是我的故鄉，記憶裡有許多公園，河堤，很多樹。

我想起來了，那裡是你學步的地方，在河堤上我教你跑跳，騎小腳踏車，看雲，涉水；有你和阿公散步，和阿嬤去美髮院的路徑；還有你上過的小學校。

這麼說來，士林真可以說是你的故鄉了。

穿過繁華的捷運站，熱鬧的中正路，雙溪的河堤依舊寧靜安詳，走在堤上確實有了故里的熟悉感。直直看過去，堤的前方依稀彷彿有你踩著腳踏車漸騎漸遠的身影，頭上的馬尾左右甩著，充滿快樂無畏的氣息，像一匹急著向前奔去的小馬。

堤上的樹木肥綠了，花色也繁多了，但我們的舊居因是海砂屋，已經改建。你說和爸爸去雙連，都是他在指指點點他小時候玩耍的地方；在士林，你可以輕鬆指認誰家的窗子，嬉嬉然想起幼年時的種種，就有回到故鄉的感覺。我卻很不願意在河堤上看見新建的樓房，深怕在熟悉的方位探出陌生的面孔來。而且我一向認為故鄉就要有一座老屋，有老人，是讓人可以回去舔舐傷口的地方。對於台北的變化，住處的搬遷，來自農村的我以為是無可避免的事了，所以也很容易適應。

你一一細數幼稚園、小學時的好朋友，都住在河岸這一帶。

你說：真想再回來住這裡。

我說：住那裡還不都一樣。

你說：才不一樣，我是在這裡長大的啊。

今天我們刻意略過百花開得嘈雜、呆氣的士林官邸，好像天天在過什麼節似的。你小時候那裡還是一個樸素清簡的地方，像個誰家飯後散步的花園，我們曾經走過細長的椰子樹小道，安靜地四處走走，並沒有太多顏色。林蔭深處因為種種傳說，而顯得神祕肅殺。

每當我提起：你小時候啊，我們去……。你總抬起臉來，無限神往地追想著已然模糊的記憶，央求我加以詳細描述。

好，那麼再走一趟芝山岩。

芝山岩百二崁石階，我走得氣喘吁吁，幾次停下來，你早已在路頭等我了。

我存心去尋那幾棵紅、白山茶花，季節不對，葉片顏色深於秋，才正要結花苞呢。你的注意力早已飛遠了。你在尋找什麼？我的問題還未提出就有了答案，時間早已徵收了此地，讓可變的變了，不變的依然屹立。譬如那一棵三百年老樟樹，葉子年年更新，如今依然壯碩蒼綠；譬如爬滿青苔的北隘門，雖受時間的腐蝕，但唯其如此，才更古意。又譬如那些零星散落的墓碑，彷如古人對現代的張望。

此刻，古與今見面了，彼此頷首為禮。在經歷漫長歲月之後，人造的墳塚也渾然形成自然土丘一般。人聲，足音，在秋日林中的薄暮裡，彷彿一種竊竊私語，樹林深處的嘆息。我們在林木的昏暗中，猜測過往的面貌，搖擺的記憶終於屈服於說明牌的記錄。人文的、天然的種種證據在此聚合，新立的石碑，漫漶的碑文，盤錯的樹根正竊笑著慶幸戰勝了時間。這一切彷彿都在歲月的石磨中輾轉成形，也只有此時此刻，只有在注視中才為我們所有。

你彷彿重新認識這裡，不再追究那些錯落的「我好像記得……」，開始為我解說岩石節理，榕樹根將如何纏勒其他植物。樹間的鳥群嗤嗤笑著，彷彿也贊同參與著這年輕生命的活潑，明亮且飽滿。

如何能夠照見你的天真爛漫，若非我的中年滄桑倦怠？

若非歲月無形，天地遼闊，如何能夠明白人生一瞬。

眼前的芝山岩，曾經滄海，曾經桑田，經年的常綠中，浮泛著深深淺淺的黃綠，鐵鏽紅的層次暗影，呈現出一種時光爛熟的美。就在它的腳底下，曾經，我為爭取一個人的自由而掙扎的日子，為爭取一個人的時間而奮戰的日子，想要飛越卻又在原地踏步的日子，失敗的不如意的生活，竟也都像河水一般過去了。殘陽照在水面上，粼粼閃著金邊，似撫慰似帶著理解的笑意，一逕往前流去。日子一天一天疊加上來，層層積累的記憶與情感，如浮出水面的石頭，便有了日後的憶想。回憶淨化了當時的苦日子，連有多苦也不復記憶了。人生至此，我只想要安安靜靜完成自己。

我們再走回河堤歇歇腳，秋陽像一首懷舊的詩，水聲是你DoReMi的練琴聲，隱約的叮叮噹。

你滔滔如水流說著你的小時候、現在，和未來，誇大又渲染著你的煩惱與快樂，聲音還帶著稚氣且認真。你眼裡有微燃的火光與世界相望，躍躍欲試飛，我知道，你的人生正要起飛。

我靜靜看我的天空。時光一分一秒經過我們，這城市卻是愈來愈新了。

我真想把此刻的時光攔截下來。青春真好，雖然你未必知道。

陽光和風向不知不覺間都變了，有一種黯淡，稀微的感覺，由下往上緩緩在瀰漫在擴張。我再圍上遺忘柔軟的圍巾，夕陽即將落到河的盡頭，偶有幾隻白鷺鷥飛過，初秋的天空又高又遠，看久了竟有不知身在何處之感。

將來，我們還可以來河堤坐坐，談談。

你可以再告訴我，你又記憶了什麼？

巷中的神祕與不安

我坐在小小書店臨窗明亮的位子，面對小巷一面水泥牆壁。這牆，因為逆光而顯出一片水泥的灰，因為時間，風雨，塵埃，留下了煙黑斑駁的痕跡。牆上掛著三個紅色滅火器，一個中興里的資訊公告櫥窗，還有些微可能是寫著恭賀新禧之類春聯的痕跡，再睇視，牆上現出條條橫向的刮痕，一些些剝落的曚曨模糊白漆。

汽車極緩地開過，依稀可以聞到揚起的灰塵，廢氣和汽油的味道，感受到車子散出來的熱氣。打開玻璃窗，與路過者的距離只是咫尺，幾乎可以聽見他們的喘息，談話聲，起先是還和大人手牽手的幼稚園或低年級學童，再不久是放學的小學生，然後是國中學生，再來是高中生，再晚一點是提著青菜匆促走過的職業婦女。間有拄著助行器的老人，蹣跚一步一步探路而行。在這個場所，這樣的距離，以這樣的方式與人相對似乎有點超現實。

久久凝望著這面牆，逐漸逐漸有一種很熟悉很熟悉的感覺，緩緩如陽光中的浮塵自天而降，孤單與不安之感從童年的領域趕來。那是午睡剛剛醒轉過來的怔忡，鄉村午後的闃寂，炎熱，又彷彿一片荒涼，天上純白而帶些灰的積雨雲濃稠凝滯，雞鴨狗都還在樹下打盹。對門人家的豬舍牆面也是這樣的灰泥的顏色，上面被漆著「治痔瘡」、「割包皮」的藥品廣告。午間四鄰悄悄，路上走過一位梳頭髻、穿褪色玄黑大襟衫的老婦，背著竹筐繞村沿路撿拾牛糞豬糞，要帶回去給她兒子做堆肥。太陽在天頂射下熾烈的陽光，老婦若憂若思，踩著夢遊者的步伐緩慢走過，連影子都沒有了。牆內傳來豬隻互相撕咬或是受到驚嚇時的淒厲嚎叫聲，路上似乎充滿了從未發生過的事情，湧出血腥，陰森，哀傷，不禁讓人記起許多鬼怪故事來。

在這僻靜巷道裡的書房裡找書，我最先接收到的卻是，聲音，活色生香的各種市聲。街道很小，對面左右人家的私語問答，不經意拾得零碎的片段，也猜得出概略的事體，無非是柴米油鹽的煩惱，兄弟妯娌的是非。下午二三點，小巷是安靜的，偶爾有送瓦斯桶的摩托車噗噗噗，清清楚楚響在耳邊，奇怪的是這時候聽來卻甚覺可喜，像見到一個老朋友。有小童勇往直前奔過的腳步，也有婦人疲乏拖累的腳步，人家的電話鈴聲丁鈴鈴。因為安靜，所以響亮。

記憶中還有一個啞巴男，他雙腳已彎屈成O形，走起路來拖著腳步左右大幅晃動著身子。他總持拿一柄掃把，那是他的寶劍，遇有惡童對他丟石頭時，他就豎起掃把咿咿哦哦凶猛追過去。無事可做的午後，啞巴男低著頭，身上披掛鬆垮髒污的長衫，嘴邊口涎絲絲垂拉得很長很長，靜靜地走過去，或者嘴裡咿咿哦哦翻攪著暑氣走過來。啞巴男卻有一位美麗的妹妹，高傲，聰明，在學校裡的演講比賽所向無敵。雖然同住在一條路上，但我們彼此存著戒備的敵意，沒有成為朋友。

老婦和啞巴男幾乎成為午後街路上一道固定的風景，不再有希望與美好，只剩下苦行和生命的懸疑。我鄉寧靜而偏僻，天空和平原一樣空曠，遠遠的大武山沉睡在夏日午間的昏熱與疲勞中。那面灰泥牆強大而斑駁，烈日在天沒有陰影的明亮，顯得恐怖，彷如異域。而我知道在一個看不見的地方，存在著一個龐大的陰影。兩個在正午路上往來的人影，於是漫漶成一種隱喻，神祕與不安便棲息在記憶裡。

這個既光亮又黝暗甚至荒涼的記憶，日後總在不期然的際遇裡浮現，我時時要跨越這種莫名的不安，卻又苦於沒有述說那種騷動不安的辭彙。若是要把這種情緒賦予形象的話，那就是基里訶（Giorgio de Chirico）的畫作〈一條街的神祕與不安〉

了。小女孩在街道上推著滾環向前奔去，安靜無人的街道上有一個黑影自建築物後面不斷逼近，像一個午睡的夢魘。白色迴廊的盡頭一列火車經過，帶來隱約的聲音，劃破靜態的畫面，提醒人們滾環轉動細細碎碎的響聲。

一個看似靜謐而實際蠢蠢騷動的畫面，與一個自童年延伸至今的午睡夢魘遇合了，老婦與啞巴男的影像猶栩栩在記憶裡活動，縱使在生氣勃然的永和巷道裡，他們彷彿隨時也可能在這面牆下靜靜蹀躞。如夢魘的不安與神祕，擱淺在記憶的涯岸，此起彼落的人語，腳步聲，摩托車引擎，電話鈴聲，滋生著種種懸疑。

最佳配角──胡蘿蔔

炒菜炒飯炒麵的時候，我喜歡隨機切幾片胡蘿蔔加入，讓菜色多一些變化，添一點顏色。

當我吃完一盤米粉，意猶未盡挑起盤底的胡蘿蔔絲時，剎時才意識到：咦，胡蘿蔔，是胡蘿蔔哩。是的，幾乎天天都吃得到胡蘿蔔，但是有以胡蘿蔔為主的菜色嗎？我懷疑。炒高麗菜，或是剁成大塊燉肉時，胡蘿蔔都是用來配色，看似必不可少，但真沒有也無所謂。甚至排骨蘿蔔湯，習慣上還是以白蘿蔔為主，胡蘿蔔依然是可有可無的配角。

有時，簡單炒個青椒或芹菜，切幾片木耳加上若干胡蘿蔔絲，便是一盤活色生香。在一桌乾焦的煎魚，滷得深沉的紅燒肉之間，青翠紅艷鑲著黑邊，就像一家無趣的老人，疲累的中年人，配上生鮮活潑的年輕人，成就了一頓全家福。

廚房裡常備著一二條胡蘿蔔，它既不像葉菜類容易腐爛，也不像馬鈴薯那麼輕易發芽，任人久放個二三個星期，認分地待在冰箱裡不妄動，很可靠。在傳統市場的菜攤上，胡蘿蔔往往與表皮乾燥內裡辛辣的洋蔥、灰頭土臉的馬鈴薯並置，擺放在角落裡，也預示了它的前途。而胡蘿蔔有一股特殊的味道，小女說吃胡蘿蔔時就覺得自己像一隻小白兔，所以我盡可能在其他菜色中暗渡胡蘿蔔。儘管胡蘿蔔色澤美麗，營養豐富，或炒或燉或打果汁熟食生吃皆宜，但這一切並沒有改變胡蘿蔔淪為配角的命運。

胡蘿蔔紅橙橙顏色明艷美麗，在宴席的菜餚中，常以刻花的姿色出現餐桌上。在自助餐店常見的胡蘿蔔炒蛋，那是以雞蛋還是胡蘿蔔為主，我一時也看不明白。

忽然，我想到了自己貧乏的人生歲月，不就類同胡蘿蔔一樣，一直都是自己人生的配角。回到鄉村時，鄉親多年不見多已不相識，面對老一輩的要報出父親名號，我是父親的二女兒；對中年一輩的則要說是大哥嫁在台北的小妹。在鄉親恍然「哦～」拉長的明白了聲音中，我在家鄉才有了位置。在職場上，我是上不了檯面的螺絲釘；在家庭中是人家的媳婦、妻子和媽媽。這麼說來，什麼是我自己呢？我也不過像是一棵胡蘿蔔一樣，在人生的各種身分中權充一個配角罷了。

胡蘿蔔依舊紅艷艷，我卻因為想起了這些而感到抑鬱不歡，彷彿自己也變成了一棵小小的胡蘿蔔。

農夫的身體

報紙上第一次出現口蹄疫的報導時，我緊張兮兮打電話回家，問家裡的豬隻怎麼樣？父親在電話那一端，略微沉吟：「無啦！無要緊啦！」父親總是這樣，什麼事情都是不要緊，彷彿有他在什麼事都會不要緊的。

其實不是不要緊，而是化險為夷了。母親來電話說：「豬仔已經好幾天躺著不動也不吃東西了，每天只能替牠們在傷口敷藥。看著真可憐。沒法度，叫妳阿爸去通知鄉公所的人來載走，那一天妳阿叔突然間看到廳裡的香爐出煙發爐，我想是不是神明叫咱不要將豬仔載走，趕緊擱叫你阿爸去鄉公所取消抓豬仔。又叫獸醫來看，慢慢餵飼料敷藥，才一隻一隻擱慢慢好起來。」

這麼重要的事情，一向不善言辭的父親竟然也以一句「無要緊」帶過了。就像談起當年參加八二三炮戰，身經槍林彈雨的險境，說起來竟像是看好萊塢戰爭影片的驚嘆一般，子彈隨著他弧形的手勢「咻」掉到海裡去，臉上一派天真的興奮。

本來農民的身分，如今因為這一段經歷變更為「榮民」，每個月領三千元的榮民津貼，剛好給小孫子買玩具。

逢年過節家人團聚的時候，孫子們正好可以坐滿一桌。父親的背脊不再英挺，行走之間也逐漸顯出老態。那二甲大的農地，沒有一個子女可以分勞。漸漸地由四季翻種米稻菜蔬，變成檳榔林，溪埔地順應潮流養起泰國蝦。從此季節更迭時，不用再煩惱種紅豆好呢？還是種白菜？這種選擇遠比選股票更具冒險性，一年的豐儉就要看一念之間是否賭對了。有時候在市場邊看到面色黧黑的莊稼人載著一卡車的農產品，高麗菜、蘿蔔甚至是鳳梨，一片簡單的紙牌寫著「三斤五十」、「一粒十元」無聲地叫賣，彷彿再看到從前家中因豐收而滯銷任其腐爛最後變成堆肥的香蕉。

然而父親也閒不來，幾年前堅持在蝦池旁蓋起豬舍，大張旗鼓開始養豬事業。這麼一來，父親每天晚上都要睡在蝦池畔的農舍，以便照管豬隻和蝦池。相對於家裡滿堂的熱鬧，夜間的農舍多麼寂寥啊！清風明月，蟲鳴唧唧，或許不適合應該享受含飴弄孫之樂的老農。不知何時，父親竟涉足牌桌。一開始，母親維護父親的顏面而瞞著我們。日久，連母親也無法忍受了，面對這樣的事實，兄弟姐妹也不知道說什麼好。

父親是沉默的，我不記得他說過什麼了不起的話，唯一印象深刻的是我北上唸書，他只說了：「早頓要吃乎飽。」他嘴上總是叼著新樂園香菸，青煙迷迷濛濛盤繞在臉上。細究起來，我並不了解父親。父親受過日式小學教育，因祖父嗜賭，十來歲就隨祖母開始農耕生活。不知道父親在年輕的時候，有過什麼理想憧憬？是不是對平淡的農村生活有過抱怨？甚至是不是有過什麼挫折掙扎？在他深深皺紋亮著天真光采的臉上，不曾看到憤世嫉俗的激憤，也沒有怨天尤人的不平之氣，只是不疾不徐地做穡，偶而哼哼日本調的老歌，時而一兩聲咳嗽。

當我在大學的課堂上看到古典希臘雕像，阿波羅、運動員、二輪馬車馭者均衡而美麗的男性身體，迎著愛琴海吹來的風自信從容走著，佇立在廣場上與人辯談，馳騁運動場上競技，漫步橄欖樹園裡。在大武山下，父親驅牛犁田、播種插秧自在自得的身姿正如希臘雕像一般高貴而美麗。從此我時時驕傲向人誇耀：「我父親就像古希臘的雕像一樣美！」因著長年的勞作，父親一身肌肉飽滿元氣，屏東陽光曬成古銅色的皮膚泛著油光和汗珠，像極了煎得香酥的旗魚，油滋滋地看起來可口極了。

可是對於父親的心靈，就像那尊二輪馬車馭者的頭像，你不會知道他在想什麼，或者他什麼也沒有想太多。每次回老家，都要等到天黑了父親才從田裡回來，恆常他笑得像孩童一般無猜可親，只道：「回來了！」臉上皺紋都笑彎了。我要返台北的時候，父親負責把我的行李包紮好，一聲不響騎著摩托車就出門去。

向來，我都是依賴外在的事物來認識父親的。最初感知父親的形象，是在小學的國語參考書上讀到劉半農的詩〈一個小農家的暮〉：「……他銜著個十年的煙斗，慢慢地從田裡回來，屋角裡掛去了鋤頭，便坐在稻床上，調弄著隻親人的狗，他還踱到欄裡去，看一看他的牛，……」小時候蹲在灶前燒火，望著長長短短的火舌，想著這首新詩，想著父親默默叼著菸荷鋤的模樣，小小寂寞的心靈有著一股溫暖的依靠。又譬如說聽郭金發的歌，你會感覺到那樣雄渾低沉的聲音，是發自於如父親厚實的胸膛，是他們那一代男子內心深沉的聲音，寒冬夜裡的一聲「燒肉粽」。在費里尼的電影裡看到馬斯楚安尼，「咦！好像我爸爸。」日本歌謠千昌夫的〈北國之春〉、森進一的〈冬櫻〉還有美空雲雀的歌，都是父親喜愛的曲調。我不免猜想父親可曾經對愛情有過憧憬，對遙遠異國有過幻想？替父親買了一部鐳射唱盤，他興奮得要我馬上教他怎麼使用，忘了以前送他東西時常常說的：「沒睬錢！」

長大之後和父親唯一的肢體接觸，是廿歲那年的夏天和父母一起下田去，雨後圳溝的水漲流急，父親先背母親過圳溝再踅回來背我。我有些羞澀又很心安伏在父親的背上，嗅聞他身上混合著汗臭堆肥香菸青草農藥巴拉刈的味道，晃悠悠的過了圳溝。水上粼粼光影，和父親奇特的氣息，成了我對父親記憶的銘印。

溪水日以繼夜地流著，我們成家立業了，父親也逐漸衰老，手上腳下浮出如熟爛香蕉外皮上的斑斑點點，小白兔一樣的紅眼睛是因為長期的疲勞還是牌桌上的廝戰？而母親日夜不停的嘮叨，更時時逼得父親負氣遁逃入方城之中。父親辛苦一世人，臨老玩玩牌似乎也不能太苛責。

今年過年回家，父親興起開著載卡多，說要帶我去看看我們的田。車子緩緩駛過，沿路昔時熟悉的老瓦厝，怎麼今天看來都矮了許多，不少老舊古厝也拆了蓋起樓房，故鄉竟在識與不識間擺盪。大武山遠遠在望，也只是白濛濛地一片山形輪廓，據說是因為附近工業區造成的空氣污染，就算晴朗天氣也看不清楚林相。從前種植稻米香蕉的平疇沃野，而今檳榔樹成林，間雜著荖葉的藤架，這一切看在眼裡總有說不出的感傷。現在鄉間田裡活動的大多是父執輩的老農，種檳榔養豬是他們老大年紀之後最省力的選擇了。

但是種檳榔養豬，老農可以稍稍減輕負擔嗎？檳榔收成時節宵小總比主人早一步來收割，養豬則四年來口蹄疫仍然到處猖狂。雖然父親大而化之，泰然處之，我卻好像看到口蹄疫的魔掌，正一寸一寸伸向台灣的每片土地，也一寸一寸伸向父親的心靈與身體。

鬧巷走十年

或許你知道，台北的忠孝東路四段有一條二一六巷。一次上了計程車，隨口說到二一六巷，司機也不囉嗦，踩上油門加足馬力，不多時不偏不倚我就到了阿波羅大廈的巷子口，紅綠燈右轉即是二一六巷。

十多年來忠孝東路四段是台北流行、繁華的焦點，大片大片的櫥窗挑逗人們的物欲，霓虹燈閃爍著人們的想望；這裡什麼都講究時新，那時新裡藏著新貴們的不耐與誇富，人與物與地還來不及培養出感情，便又換新妝了。毫不遲疑地變，這裡不流行懷舊。

但是一轉入二一六巷，卻是一條日常的巷道了。說是巷子，二一六巷一點也不小，可雙向通車，道路兩旁還各停了一排車。這一帶的房子大都是七層樓的電梯公寓，一樓甚至二樓都是開店做生意的，例如巷口阿波羅大廈裡的龍門畫廊，後來變成要排隊入場的麻布茶坊。那家天香花苑地板總是溼漉漉的。美力斯麵包出爐的時間，不管餓不餓都能吸引人進去買個肉鬆奶酥。永誠藥局每天擠滿買成藥的人潮。還有那許多家銀樓解決了同事結婚生子送禮的煩惱。歐克斯傢俱還是一樣高貴，一張原木桌子你一個月薪水都買不起。二樓大多是髮廊，而且家家客滿，剪髮洗頭都需要事先預約；三樓以上則是住家、牙科、代書和貿易行之類的公司行號，大家各取所需，各得其所。

這也是一條過日子的巷弄，巷子裡的市場規模雖小，菜色樣樣俱全，尤其是當令的鮮花蔬果，提醒了在冷氣房裡生活的上班族節令氣候的更迭。不老的花姑娘十多年來像個招牌似的在巷弄口賣花，沒有店面沒有攤位，每天提供當季鮮花。又比如那黃澄澄的枇杷，就像晴和的春光一閃即過；初夏時土檨刺激人分泌更多唾液；等你看到街上堆滿柚子，秋天也不遠了；而青綠的橘子上市時，人們已經換上冬衣。一年三大節，端午的暑氣中蒸騰著粽子香，中秋時連嫦娥都吃膩的月餅堆得小山一樣高。新年到了賣春聯啦、鮮花、糖果的小販忙得臉上來不及笑。東區粉圓門口，穿家居服的一家人，端著珍珠粉圓當街站著就吃喝起來了。還有一家萬巒豬腳的便當店，你若吃膩了這家的口味，斜對面的皇上皇燒臘有各種廣式客飯燴飯。

或許你也曾在某個夜裡，看到雅音小集的郭小莊開著紅色車子經過這裡；或者和建築師黃永洪同在威海餃子館吃大滷麵、和歌星陳昇面對面享受日式小火鍋；但是實在說來，二一六巷的主流是公司行號裡的基層人員，像會計行政人員之類的年輕小姐、騎摩托車橫衝直撞送快遞的和跑外務的青年人。不信你看看，午飯時間騎樓裡走滿了三三兩兩手挽著手的小姐，服裝款式新穎但不名貴，肆無忌憚嬉笑著討論中午要吃什麼，或有二三個遠離人群的，竊竊談著情感的煩惱，辦公室裡的人際糾葛也在她們口中蜚短流長。再看看那家違章搭建的涼麵攤子，中午十一點半就開始排長龍，排隊的人都年輕，女性大多穿著及膝的裙子規規矩矩地等著，也許還要幫辦公室其他人帶食物回去，大家認命地排長隊買一份四十元的涼麵。

而在餐館亮麗門面背後的後巷陰暗處，蹲在水龍頭下洗碗筷的婦人，一副平凡而認分的姿態。若有人膽敢冒犯她，她雙手在兩腿膝蓋一按，立時站起來，水淋淋的手在身上擦了擦，扯開宏亮的聲喉，一點也不讓步罵起街來。那種火辣辣的生命力，實在值得你為她拍掌喝采。有一年在京都賞櫻季節的夜裡，走在京都闇黑安靜的巷弄裡，井然的秩序感和日式的潔淨，竟讓旅人感到寂寥無依，深深懷念起二一六巷的燈火輝煌，雜鬧的人聲，以及洶湧的人車所噴現的草莽生命力。

終於走到三十三弄了，我上班的地方。更早時辦公室在國際貿易大樓十樓，一邊是植種樟樹的敦化林蔭道，一邊是車水馬龍的忠孝東路四段街角，宛如煙塵上的天空之城。有一天的下午偷空從抽屜裡拿出杜甫詩集，一抬眼是對街閃爍的格蘭英語、東橋日語霓虹招牌，樓下的車聲和混濁的空氣隆隆地蒸發上來，時空與情境完全錯置，手上的五言七律讓我深深覺得自己的行動荒謬極了。我總是這樣不合時宜。轉來這個可以踏在實地上的地方，彷彿回到人間般令人感動涕零。這裡不用中央空調，打開窗子會有徐徐的風吹來，雖然挾帶了大量的落塵；開會時，對面公寓頂樓紅艷的九重葛，正好讓四處游移的眼神可以定焦。偶爾也聽到公寓裡有人練吹不成調的小喇叭，在電梯裡會遇見買菜的阿婆、放學的小學生，不是一般辦公大樓裡像電腦動畫走出來的人物。

一路走過來，多少櫥窗更新，多少咖啡館換手，多少商店開開關關（唉！這城市的面貌變得比人心更快）。這方圓百餘公尺內沒有行道樹、寸草不生的黃金地段，只要三十三弄裡人家院子的芭樂樹和枇杷樹年年開花結果，這個巷弄裡就還有它不變的座標。偶然站在公司門口，看著下水道的水泥蓋上泛綠的青苔，真讓人心生歡喜，兩腳像麻雀一樣在那地上踩踩踏踏，證明自己確實是站在土地上的。很難想像許多年前的編輯在夜裡加班時，還能聽見附近稻田裡的蛙鳴。而我們編月刊趕進度的加班後，卻是深夜巷道裡的狂奔，追趕最後一班公車，前頭紅綠燈鬼魅般閃閃爍爍，背後腳步聲在黑暗中脆亮地回響。

是在那一年的夏日午后，老闆約我到附近的普羅咖啡館，一坐下來老闆鄭重地凝視著我，然後慢慢道出他要說的事情——雜誌要停刊了，因為雜誌已經完成它的歷史任務，因為營業赤字，因為工作時間的壓迫……老闆似乎又說了一些什麼，也許他料想著我可能有的驚愕表情，或是企圖挽救的努力。而我只是木然呆坐著，只記得當天午后的驚雷與暴雨，和老闆共撐一把傘走回辦公室溼了半截的褲管。

時間消蝕生命，巷道走老年華。進出二一六巷將近十年，我結婚，有了孩子。在這個過程中我努力認同傳統婦女的共同命運，於是我將自己封凍在一個既定的框限裡，為人媳應當如何如何，為人妻應當如何如何，為人母更應如何如何，卻忘了自己原先想要如何如何。甚至因為感覺到自己正像那為雛鳥覓食的母鳥，或是帶著小雞的母雞一樣奔忙而沾沾自喜。我多麼安於這樣平凡又踏實的身分。這樣老老實實過日子，沒有太多的欲望和夢想，生活是一幅雲淡風輕的水彩畫。

對於生活我沒有意見，我自以為生計的艱難，鐵面無私地施壓在巷弄裡的攤販夫婦、送貨行的粗工和我的身上。我沉默如石，如頑石自以為是，自以為足。幸福就根基於對未來苦難的無知。我的心志沉睡著，同我的軀體一樣嗜睡，只有母性的部分醒著。我的視線只看到孩子成長的高度，忠孝東路四段濃墨重彩地上演無殼蝸牛萬人露營、股市萬點狂飆、反核大遊行和繪畫市場前所未有的蓬勃等等，都像走馬燈一樣自眼前閃過了。我沒有參與。我只是車潮人流中的一分子，對於九〇年代的種種沒有飢餓感，也不曾消化因時因地因人而來的風華，不著痕跡走過那一段繁華歲月。直到徹底離開三十三弄，離開二一六巷，離開忠孝東路四段，我才像睡醒了一般，幡然有所警悟。這樣的感覺，或許你知道。

鑽石與鐵鏽

城市的星期天，清早還處於睡眠狀態，晨光微微，所有的事物溼溼地閃亮。我特別喜歡在星期天的早晨走過小巷弄去咖啡館，看鐵門半開的店家惺忪著雙眼做開店的準備，賣米粉湯的店面卻坐滿了人，人們縮著脖頸在蒸氣氤氳中圍著橙黃的燈光吃早點，彷彿仍是個夢境。

清晨的咖啡館，多是單獨的人，各據一座，彼此不相干。咖啡苦澀的香氣，人們的眼睛浮腫，剛剛從睡眠的境域醒轉過來，眼前是還沒有受到損傷的一天。清醒而完好的星期天的早晨，我自幸福與憂傷所來自的所在離開，應循著一個細微而強大的聲音，召喚我獨自去什麼地方坐一坐，去思索飄零的夢想和生活遭遇，甚至什麼都不想也好，只要一個人就行。

在這裡，有人看報紙，刷刷刷翻閱；有人像來不及梳頭就衝出門似的，一臉模糊望著窗外發傻；有人趴在桌上睡覺，奇怪，為什麼不在家裡安睡，莫非在他頹疲的睡姿裡藏著不足為外人道的苦楚。這時的咖啡館裡是沉悶靜寂的，有一種不願表達的孤單之感，一點抑鬱，一些不切實際。忽地響起瓊・拜雅的〈鑽石與鐵鏽〉。她的歌聲帶著久遠年代的氣味，如一則模糊的記憶，和咖啡的味道一樣溫暖。是了，生活中的一切如何去辨別鑽石與鐵鏽呢，似乎讓所有的一切都模糊不清，在曖昧中懷抱著摻雜著的鑽石與鐵鏽把日子過下去，才有幸福的可能。是耶非耶？所謂的生活，總是這樣子夾纏，誰能說得清楚。

我將目光投向室外的街道，只是看，看被擰掉影子走向捷運站的人們，看在公車站牌下歪斜著等待的人，看蹲在麵包店角落安靜無表情的賣菜老婦，看路過的人，看著這一個開放的世界，一切似乎與我無關地運轉著，但是這一切又真的都與我無關嗎？或者是息息相關的。捷運站大門口新植幾株瘦細的欒樹的葉子在微風中閃爍搖動，如果此時有三兩聲鳥啼就好了。路上機汽車往來，還有厚玻璃隔絕，要聽到鳥聲是不可能的，而汽車摩托車的引擎聲卻一陣強過一陣。在充滿陽光的風景裡，最奪目動人的是對街兩排綠意蒼鬱的槭樹。槭樹的綠葉依然濃密，彷彿春天已經到來，又彷彿是秋天尚未走遠，薄而暖的陽光照進來，或許外面是寒冷，因為參差的對照，於是覺得自己是溫暖幸福的。

平靜無波的生活，不曾有足以傲人的成績，沒有絢麗的色彩，只是平凡平淡地過著日子，惟日子的平淡平凡，竟是可以感到寧靜幸福的。然而這種幸福終究是不充分，我總希望在柴米油鹽之外，應該再多一點什麼別的，多一點撞擊心靈的事物，以修補生活中的殘闕。

對於生活，我或許失之於天真，但也有著欲望；雖然日子過得清貧簡單，也有著虛榮的想像；總是這樣瑣瑣碎碎鑽石與鐵鏽紛陳混雜，在寧靜中又充滿了蠢蠢欲動，比如擁抱那個飄零已久卻仍讓人心情激盪的夢想，如槭樹上湧動的陽光。

陽光曬熱了背，再過一會，談論無薪減薪失業裁員保險退休金的人們就會湧進咖啡館，我懷著遙遠的情緒，維護著未受損傷的星期天，再聽這些話題便令人感到特別的厭倦。喝掉已冷涼的咖啡，我就起身離去。

創作年表

【輯一：想去遠方】

如此而已	第五屆台北縣文學獎散文首獎
想去遠方	聯合副刊2010/11/08／入選《99年九歌散文選》
午後的存在	人間副刊2010/10/24／第三十三屆時報文學獎小品文類入選作品
茶米茶	自由副刊2007/11/08／第三屆林榮三文學獎小品文獎
迷途的鴿子	自由副刊2009/03/12／入選《98年九歌散文選》
上班生活	自由副刊2008/07/08
靜靜的灣潭路	第六屆台北縣文學獎小品文入選
曾經中山北路	自由副刊2009/06/30
中年	聯合副刊2009/01/24
轉身	聯合副刊 2010/07/15
蜻蜓	聯合副刊 2011/02/02

【輯二：就是要活】

午間狩獵	人間副刊 2006/08/17
就是要活	自由副刊2010/06/20
陽台以上的天空	自由副刊2007/05/01
不在猶在	中華副刊2009/08/08
尋找一種身姿	收錄於《打開抽屜都是你》（麥田，二〇〇〇）
回娘家	自由副刊2001/04/24
時光留影	自由副刊2009/11/15
觀舞	聯合副刊2001/04/28
淡水河邊	人間副刊2007/09/27
老	聯合副刊2010/03/03
自畫像	自由副刊2006/11/07

【輯三：理想之庭】

我們的快樂	自由副刊2002/07/12
廚房的聲音	自由副刊2010/06/01
市場風景	人間副刊2000/06/27
麗日	自由副刊2010/11/17
便當	自由副刊2009/02/12
夏日街頭	自由副刊 2010/09/01
四月淡水	中央副刊2001/05/14
理想之庭	聯合副刊 2011/03/03
石膏像與坦克車	自由副刊2000/07/03
有你同行	人間福報副刊2007/12/20
菜刀與砧板	自由副刊 2006/06/13

【輯四：秋陽照舊】

痛啊	自由副刊2008/09/29
街燈下	中華副刊2010/02/28
蚊子	人間副刊2000/08/15
想要離開這裡	中時開卷2004/06/22
秋陽照舊	聯合副刊2011/07/04
巷中的神祕與不安	聯合副刊2009/11/11
最佳配角—胡蘿蔔	自由副刊2010/01/24
農夫的身體	聯合副刊1999/08/17
鬧巷走十年	收錄於《午後爵士》（鷹漢，二〇〇三）
鑽石與鐵鏽	人間副刊2009/02/22

國家圖書館預行編目資料

只要離開，就好／鄭麗卿著. --初版. --臺北市:寶瓶文化, 2011. 07
面； 公分. --(Island；147)

ISBN 978-986-6249-54-9 (平裝)

855 100011856

寶瓶 AQUARIUS

island 147

只要離開，就好

作者／鄭麗卿

發行人／張寶琴
社長兼總編輯／朱亞君
主編／張純玲・簡伊玲
編輯／賴逸娟・禹鐘月
美術主編／林慧雯
校對／賴逸娟・陳佩伶・呂佳真・鄭麗卿
企劃副理／蘇靜玲
業務經理／盧金城
財務主任／歐素琪　業務助理／林裕翔
出版者／寶瓶文化事業有限公司
地址／台北市110信義區基隆路一段180號8樓
電話／(02) 27494988　傳真／(02) 27495072
郵政劃撥／19446403　寶瓶文化事業有限公司
印刷廠／世和印製企業有限公司
總經銷／大和書報圖書股份有限公司　電話／(02) 89902588
地址／台北縣五股工業區五工五路2號　傳真／(02) 22997900
E-mail／aquarius@udngroup.com

法律顧問／理律法律事務所陳長文律師、蔣大中律師
如有破損或裝訂錯誤，請寄回本公司更換
著作完成日期／二〇一一年
初版一刷日期／二〇一一年七月
初版二刷日期／二〇一一年七月八日
ISBN／978-986-6249-54-9
定價／二五〇元

財團法人|國家文化藝術|基金會 補助出版

AQUARIUS 寶瓶文化事業

愛書人卡

感謝您熱心的為我們填寫，
對您的意見，我們會認真的加以參考，
希望寶瓶文化推出的每一本書，都能得到您的肯定與永遠的支持。

系列：Island147 **書名：只要離開，就好**

1. 姓名：＿＿＿＿＿＿＿ 性別：□男 □女
2. 生日：＿＿年＿＿月＿＿日
3. 教育程度：□大學以上 □大學 □專科 □高中、高職 □高中職以下
4. 職業：＿＿＿＿＿＿＿
5. 聯絡地址：＿＿＿＿＿＿＿＿＿＿＿＿＿＿

   聯絡電話：＿＿＿＿＿＿＿ 手機：＿＿＿＿＿＿＿
6. E-mail信箱：＿＿＿＿＿＿＿＿＿＿＿＿

   □同意 □不同意 免費獲得寶瓶文化叢書訊息
7. 購買日期：＿＿ 年 ＿＿ 月 ＿＿日
8. 您得知本書的管道：□報紙／雜誌 □電視／電台 □親友介紹 □逛書店 □網路 □傳單／海報 □廣告 □其他
9. 您在哪裡買到本書：□書店，店名＿＿＿＿＿ □劃撥 □現場活動 □贈書 □網路購書，網站名稱：＿＿＿＿＿＿ □其他＿＿＿＿＿
10. 對本書的建議：（請填代號 1. 滿意 2. 尚可 3. 再改進，請提供意見）

    內容：＿＿＿＿＿＿＿＿＿

    封面：＿＿＿＿＿＿＿＿＿

    編排：＿＿＿＿＿＿＿＿＿

    其他：＿＿＿＿＿＿＿＿＿

    綜合意見：＿＿＿＿＿＿＿＿＿＿＿＿＿＿＿＿＿＿
11. 希望我們未來出版哪一類的書籍：＿＿＿＿＿＿＿＿＿＿＿＿

讓文字與書寫的聲音大鳴大放

寶瓶文化事業有限公司

（請沿此虛線剪下）

廣　告　回　函
北區郵政管理局登記
證北台字15345號
免貼郵票

寶瓶文化事業有限公司　收

110台北市信義區基隆路一段180號8樓

8F,180 KEELUNG RD.,SEC.1,

TAIPEI.(110)TAIWAN R.O.C.

（請沿虛線對折後寄回，謝謝）